句集と小説

遥かなるマルキーズ諸島

マブソン青眼

Te fenua vehine paaoa

本阿弥書店

遥かなるマルキーズ諸島＊目次

句集　遥かなるマルキーズ諸島

小説　遥かなるマルキーズ諸島

カット　マブソン青眼
装幀　花山周子

句集と小説

遥かなるマルキーズ諸島

マブソン青眼

句集　遥かなるマルキーズ諸島

海

吾は最初で最後の人間怒濤のまえ
海底をすべる我が影　死なぬわれ
今朝の陽射し波ごと波の上に虹
無限大から無限大へカヌーかな
船というプロペラ付きの海亀か
ここはたぶん地球ではない海青過ぎて
あかがねのなみはなまりにくれにけり
死にどころはどこでもいいよ波音あらば
砂黒しグーグル未知の浜で泳ぐ

多弁にして荘厳にして夜半の洋（うみ）

波という無限大から来たる船

波音に潜む無数の音の波

前の波の鎮魂歌なり　波の音

家系図を読み上げるように波の輪唱（カノン）

生き物の中の生き物海と私

太平洋の中央にわが尿少し

人魚に成るまでこの島で泳ごうか

一句という精子遺すや男根湾（ベデヴェルジュ）

島

雨・晴れ・雨・晴れ・雨・晴れや貴婦人島（マルキーズ）

蛇・蜘蛛無き島にわれ住む罪あれど

巨大な雲が巨大な山に巨大な影を落とす

日の出五時日没も五時永久（とわ）の島

流離の島　山ごと影とまた影と

夜となれば磯なお香る流離の島

「冬の旅」　聴く冬も夏も無き孤島

驟雨まえの匂い覚えて吾（あ）も島民

苦の多き地球の臍にしあわせのしま

滝の言葉（こえ）未来形動詞ばかりかな

島の膣まで歩みけり名無き滝

目を閉じるほど美しき島ありき

曇りの夜　島の無限の闇を知る

孤島（しま）に来てめまいがするほどの無音

胎内の温みのありて火山岩

名無き山から名無き川太平洋へ

有人島より無人島の砂白し

崖の木々歩き出したる白雨かな

花火観るように波を見つづけ孤島

地球の果てが地球の中心虹の島

島は平和　遠くにイルカ一頭飛んだ

人魚に似た孤島(しま)の臍にて昼寝かな

赤道の島にクリスマス電飾ひとつ

一句詠まばもう逃げられぬ人魚の湾

銀河の尾まがりくねって港かな

朝焼に「処女湾」という島の唇(くち)

神を信じるしかない島よ崖しかない

植物

草一本一本孤島の雨に揺る

我が手足椰子になれ男根は根になれ

窓開けてジャングルの霞(か)を朝食とす

恋語る　倒れし椰子の幹がベンチ

椰子の下雨宿りせん二、三年

人身供儀壇(くぎだん)や老ガジュマルに蘭一輪

創生語るパイプオルガンや大ガジュマル

知らぬ娘(こ)の耳より落ちし蘭拾う

椰子揺るるリズムみな違いみな同じ

パンの木の実のみ転がる山路かな

真珠ほどのレモン摘み嗅ぎ海に捨つ

椰子の葉より美しきもの椰子の影

裸で摘みし見知らぬ木の実裸で食う

枕抱けば窓にバショウの手招きよ

「あたしをさわって」と震えるブーゲンビリア

摘んだマンゴー一個で満腹満潮見る

椰子の実を投げ合いながら草ラグビー

地球痛むか　摘みしライムに爪刺せば

ジャングル行く果物泥棒俳句泥棒

巨大パパイヤ見つけて今日は俳句要らず

美女の肩のタトゥー動くや花の影

赤子の心臓ほどのマンゴー落ちにけり

パッションフルーツ鬼の目玉をして啜る

青空が赤むまでひとりマンゴー食う

虹いろのむらさき以外マンゴーかな

ともしびや蘭には見えぬ蘭の影

動物

島の鶏（とり）みな痩せており生かされる

コケコッコー赤・黄に響くゴーギャン旧居

滝のもと馬と涼むも他生の縁

白過ぎて名も付けられぬ島の鳥

死なばこの馬（ま）の瞳（め）にうつる雲に成らむ

ポリネシアに赤トンボあり原爆忌

どの陸からも最も遠い島のネズミかな

ひと葉落つ生贄の場の野良猫（ねこ）動かず

大夕焼野生馬ただいま勃起中

動くとき動かないときの蜥蜴かな

飛行機来て飛行機帰り鳩交る

ゆっくりと崖に向かうよカタツムリ

百度に一度モーツァルト的かコケコッコー

島の夜にイセエビのごと我が素足

人は見ず鳩は見るいつもの朝の虹

産業文明崩壊を待つ島の馬

ペタンク大会一等賞は子牛一頭

賛美歌の多声はマンタの飛翔かな

馬糞踏んで崖の上からエイ眺む

丘の上（え）の馬（ま）に見下され人類末期

ゴーギャン忌のマンゴーに一点天道虫

蚊から逃げヒトから逃げてただ歩く

蜜蜂の万の囁き孤島かな

同じ蚊を払いつづけてミサ二時間

扇風機に轢かれて蠅のうつくしい死

蟹軍団海面上昇測定中

こんなジャングルにヒトは来るかと蠅の眼よ

スマホのうえ歩きづらそうゴキブリは

馬（ま）と馬（ま）の影が蹄（てい）で繋がる砂鏡

サメの背びれ見たよ見たとて独りかな

黒揚羽の影さえ見えて川清し

白尾熱帯鳥（パエトン）や五十路まですべて幻

七色のマンゴの間（ま）に黄金（きん）　蜂の巣よ

太平洋の臍やトンボが交尾中

旧石器時代の記憶吾（あ）とイルカ

大ヤモリがゴキブリ呑むやまだ動く

マグロの血を毎朝待ちて波止の蝿

震えて死ぬ震えずに死ぬマグロかな

マグロ死に瀕して遠く島眠る

ネズミ来る毎晩部屋に毎晩夢に

野良犬や海風（アリゼ）に耳が無重力

アンチョビーを野良（のら）犬に食わせる刹那かな

かつて野生なりし黒馬瞳（め）に西日（ひ）燃ゆ

手綱緩む二島溶け合う西日まで

ひと日乗りし野生馬の汗を滝で流す

鶏(とり)にバナナをやっていずれは鶏を食う

鱪(マヒマヒ)輝け人魚の形(なり)の島で死ね

崖より落ちしヤギの遺体や聖夜待つ

野生馬にバナナをやるやクリスマス

手に止まる蠅の重さよ寂しさよ

白犬の睾丸黒しゴーギャン墓前

島しずかコンクリートミキサーに猫眠る

野良犬が大嫌い我も野良犬だ

本百冊イセエビ二尾や聖夜ひとり

死にかけの蜂殺す子も夜半のミサ

イルカ飛び新しいタトゥーを見せる娘(こ)よ

こんなにもちいさな蟻よカミュ全集

狩人が子(こ)猪(じし)を捌き猪(しし)も笑顔

ゴキブリが死んでいくわがコロナ治る

人間

「ジャック・ブレル空港」着陸　生きんとす

帽子には帽子の仕事　われ無職

一句詠めば嘘のように雨上がりけり

イエスに似た船乗りの瞳(め)に船映る

マルキーズは一妻多夫や銀河笑う

尼ら今日もミサ待ちながらトランプかな

ハ行ばかりのハカの掛け声海はマ行

「爺の爺、人食いだったよ」日焼の子

泳ぐ娘(こ)のタトゥーの模様波の模様

謳い出せば教会中に花冠（フムヘ）の香

タトゥー多き男先行く弦月へ

人食いのための広場（トファ）やフランス菓子

ゴーギャン館切符は手書きの群青インク

旅行記の「食人」が夢に出て快眠

挨拶（カオハー）は「愛」という意味　朝凪に

マルキーズ語の祈り母音ごとの香り

立小便も虹となりけりマルキーズ

訪問パソコン屋さんと文明崩壊談を愉しむ

インターネット三日切断　島は満月

マルキーズ語で「歌」をウタと言う　波笑え

子は父を父は神父を神父は海を見る

ピアノ一台無き島に住み雨垂れ聞く

仏軍基地軍歌の伴奏に草刈機

半分未完半分完成島の小屋

しばし黙（もだ）　友と溶岩の層を見る

エナタ語に「持つ」の語は無し　風に椰子

この崖なら海に投げてもよい亡父（ちち）の帽

指先にバニラのにおいそして性欲

サーファーは波を　夕日は雲を滑る

ジャングルの泥を踏む　心の泥を踏む

満潮の荒波避けて聖母行進

虹去るやウェイターとコック仲直り

棺運ぶ全員サングラス全員タトゥー

墓掘りしあと横の土　一人分

なぜこの孤島（しま）に来たかと自問するために来た

シューベルトは心の包帯虹の島

心が白くなるまで青き島に住む

浜のシャワー女人達（ヴェヒネ）ゆるりと泡分け合う

わがハイクを「命の種」と呼ぶ八百屋

「風船死んだ」と島の児は泣く一秒だけ

歩いても歩いてもなかなか死ねない

老漁師プロペラ拭きつつ睾丸掻く

釣船に紙飛行機で遊ぶ児も

釣り上げしマグロ斬る刃と笑う歯と

法螺吹くやポリネシア三角の中心に

ゴキブリと銀河のあいだブレルを歌う

赤ブラジャーを干すや太平洋の眼に

椰子の水を飲み干し恋は海の向こう

警官のタトゥーに蛇あり島に蛇無し

「焼き人魚！」と焼き魚出す島の娘（こ）よ

ペニスに縞模様や椰子の陰で尿す

神父白きスニーカー履いて夜半のミサ

己（おの）を叩き星座を叩きハカ踊る

猪（しし）の牙を首に飾りてコーラ飲む

孤島（しま）一つに足指五本のヒト千人
何も無い海見て何も言わずに帰る

先人

ゴーギャン墓碑女像の乳首を触れば死す

十字架の片腕欠けて赤道墓地

ゴーギャンのモルヒネ瓶や星の匂い

磯の怒濤七度に一度先祖像（ティキ）と成る

ビッグバンの前の無音ぞティキの瞳（め）に

ありがたや蚊に血吸われて先祖像（ティキ）の前

古代先祖像（ティキ）金子兜太の悲しき笑み

大砲とやまい以前のティキの笑み

噴火口なりし谷間に聖母かな

初代の湾ティキもイエスも海を向く

ヒトが来る前から魂（ティキ）はここにいた

独りとは死者といること登山かな

汗一滴ブレル墓石に吸われけり

崖に霧ゴーギャンという派手な神秘

今日はゴーギャン墓碑のみ朝日当たりけり

ティキのペニス千歳の雨に削られて

また停電　雲よ神（ティキー）の力（マナ）で動け

いくさあるな　ティキの双子が背を向けあう

人骨に彫られしパイプや唇（くち）に涼し

戦没者碑　第一次ひとり第二次ひとり

王冠あれどペニスは折られティキ灼くる

人骨は星の白さやティキのまえ

天

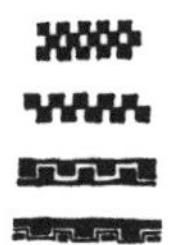

流れ星刃のごとく眼球切る

水溜りに南半球の雲逆さ

どの雲も何かを言わんとする島

傘よ我が帆となりガラパゴスへ飛ぼう

雨粒の短きいのち天から地

教会のまど孤島の空青すぎて

人魚に生れイルカに崩れたる雲よ

徐々に尾が失せゆく精子や夕焼雲

歯磨けば次第に銀河あらわるる

地球という孤島（しま）の孤島（しま）から天の川
四十年ぶりか星に声をかけるのは
死ぬまでか毎晩おなじ窓に銀河
裸になって星に心を覗かれよう
僕が僕に道を聞くなり銀河直下

日本

川洲より橋を見上げて異国かな

鵯（ヒヨ）は実を食いつづけ我がコロナ長引く

時差ぼけの夢路の奥の黒き鷺

墓千基を一望したる雀かな

犬はおおかみに見えブレインフォグかな

ブレインフォグという惑星日向ぼこ

咳咳咳裸木とおはなししても

風吹いてこの世の葉っぱあの世の葉っぱ

ランボオ忌の道路を歩く大白鳥

目瞑れば白鳥の眼で世が見える
白鳥のフンの白さよ雪の上
神は鷹を視ている鷹は私を視ている
ベビーベッドを椅子とし臍を見る不眠
夜の雪が真っ黒に降る灯のまえ
「検査しても理由が分からない」雪五尺
蝶の声か三月四月五月耳鳴り
白蝶の点滅やわが心拍も
紫紺の花に紫紺の蝶という奇跡

妻子居て無季の木仰ぐ平和かな

呼吸ごとに生まれては死す兜太の忌

呼吸ごとの肺の痛みも春の空気

吸う吐くの吐くが大事か雪解川

呼吸する愉しみ葉は揺れる愉しみ

バッハ流れて花にどこまで近づこうか

葉っぱ葉っぱ雨粒雨粒歓喜かな

健康という脆きダイヤモンドを両手で賜る

ニホンニスマセテイタダキ鰯雲

浅間からポリネシアまで鰯雲

句集『遥かなるマルキーズ諸島』二〇二三年版　二五〇句　畢

小説　遥かなるマルキーズ諸島

一　〈マルキーズ語で「歌」をウタと言う　波笑え〉

新潟県上越市立水族博物館前の食堂「いるか」。ずいぶん前から店舗ドアのネジがバカになっていて、取っ手を引くとまさにイルカの悲鳴のように軋む。

「いらっしゃ～い、あら、マブソンさん、今日はすごく混んでるのよ！」とオーナーの小川ママが謝る。

「あー、やっぱり、あれのおかげでね。イカ焼き定食三人前なら出来る？」と僕がねだると、

「カウンターでね、イカならいいよ。あら、まりちゃん、人魚を見に来たの？　ビックリでしょう！　本当にいたんだね、人魚さんは…」と子供のようにママの目が輝く。

僕は得意顔で「人魚ショー予約券」を内ポケットから取り出して朗らかに告げる。

「午後二時から。一番前の席だよ」

「それそれ、マブソンさん、さすが！　よく取れたよねー。昨日土曜日のショーは初めてだったけど、あの子はちゃーんと小イカを丸呑みしてね、可愛い、可愛い！　そのあと上手に泳いでたってよ。ニュースで見た？」

「見た、見た。でも、来週の閣僚会議で厚生労働省が「人間」だと認定した場合、ショ

ーが禁止されるかもしれないってね」とつぶやくと、すでにイカ焼きが出来上がっていて、長身の好青年がカウンターにさり気なく置く。

「あ、それからマブソンさん、今月からね、あなたと同じフランス人の男の子がウチで働くようになったの。見習いのヨハン君でーす」とママはキッチンの奥を指差す。青年は軽くうなずき、なんとなく怯えた様子で逃げる。

僕は（いつものとおり）妻・ひとみと娘・まりに遅れて、まだゲソを一本しか食べ終えていない。妻子は早くも小川ママと店前に出て、水族館を取り囲むマスコミ騒ぎを遠くから観察している。するとさっきのヨハン君は、おそるおそる僕の前に姿を見せる。

「Bonjour Monsieur...Est-ce que je peux vous demander de remplir ceci pour moi ?（こんにちは。すみません、この用紙を僕のために記入して頂けませんか？）」

「なるほど、君の「ワーキングホリデー労働許可申請書」ですね」

「あの、ムッシュ、僕の苗字はどこに書けばいいんでしょうか。ちょっと長いけど、TEIKITEHAAMOANAと申します」とヨハンが名乗った瞬間、僕は背筋が伸びる。

「その苗字、フランス領ポリネシアのマルキーズ諸島の、ヒバオア島の名門の苗字でしょう。僕は昔、一年間ヒバオアに住んでいたからよく知ってるよ。君はもしかして村長のエティエンヌさんの親戚ですか」と驚いて尋ねると、青年はさらに怯える。

「マ、マブソンさん、お願いします。それを、ママには言わないでください。お願いします。僕はフランス本土のパリから来てるということになっていて…お願いします」

ヨハンは今にも泣きそうな、真っ赤な目をしている。僕は悟ったように、重い口調でおもむろに訊く。

「あのー、あの水族館の人魚ですが、たしか、マルキーズ諸島の海で捕まったものだとニュースで言ってましたけど…君とは何か関係があるんじゃないか?」

「捕まってないよ、彼女は。普通の家から無理矢理に連れ去られたんだ…というか、そういう話を聞いたんです。僕は関係ない。たまたまこの時期にこの町に来ただけです」

嘘をつく人間特有のこめかみの震えが、ヨハンの横顔に走る。

「ヨハン君、僕に一部始終をちゃんと語ったら、この用紙を書いてあげよう。僕は君を助けたいんだ。でも、嘘はいけないぞ」とヨハンに向かってささやいていると、突然、娘まりが再び店に入ってきて、弾けるように叫ぶ。

「パパ、早く行こうよ!　もう一時半だよ」

僕は娘に予約券三枚を手渡して、軽い調子で言う。

「そういえば、小川ママが行きたいと言ってたね。じゃ、三人で行ってください。僕は、今日はいい…このヨハン君と久しぶりにフランスの話をしたいんだ。さ、行ってらっしゃい!」

娘は何かを疑る感じで去って行く。僕はヨハン君のほうを振り向く。彼はなぜか、懐かしそうに、涙目で娘まりの後ろ姿を追っている。

「ね、ヨハン君、僕はだれにも言わないから、教えて。僕は君の島をよく知っている。あそこの人々が大好きだ。Tahia nui no ù, te Fenua Énata（＊マルキーズ語＝「僕はマルキーズ諸島をこよなく愛している」）ね、あの人魚はどこから連れ去られたんですか」と、小声で尋ねると、ヨハンは数秒の沈黙の後、震える唇で、とてつもなく長い奇話を語り始めた。

二 〈吾(あ)は最初で最後の人間怒濤のまえ〉

ヨハンによればそもそも、およそ二十年前にあるマルキーズ人男性が不可思議な体験をしたのが事の始まりだという。その男とは、他ならぬヨハンの兄の「ヨナス」という誉れ高い漁師である。彼は今も、ヒバオア島アツオナ村の港を見下ろす山腹の小屋に住んでいて、三十八歳になるとのこと。つまりヨハンより十歳年上なのだ。「ヨナス兄ちゃんこそ、本当のマルキーズ男子だ」と、ヨハンは弾みを取り戻したような声で称え始める。弟ヨハンの身長は一九五センチだが、ヨナス兄貴は地元でも大きい方の二〇三センチだという。軍艦鳥の翼のような軽やかな長い腕をして、脚も長く、贅肉は一切無い、そんな上半身裸のヨナスの写真を見せてもらう。赤道の太陽に輝く大きな目玉が印象的で、純白の歯並みがチョコレート色の美貌を輝かす。欧米諸国でもファッションモデルかと思われそうな体格だが、マルキーズ諸島では決して珍しくないタイプの青年だそうだ。

ところで、なぜマルキーズ諸島は世界で最も美男子が多い地域と言われているのだろうか。

その理由は、今から五千年前の史実に遡る。ポリネシア民族は、もともと小柄な中国南部の少数民族の血を引いていると最近のＤＮＡ鑑定で判っている。彼らはまず、大陸から台湾島に移動した。五千年前といえば、ちょうど中国内陸で「新石器革命」（ホモサピエンスの最初の定住化）が起こり、それに伴う人口増加が原因で、ポリネシア民族の先祖たちは最初は南へ逃げたと思われる。というより、追い出されたのだろう。彼らもある程度農耕・牧畜の知識を習得していたが、基本的には新石器時代以前の「遊牧民的文化(ノマド)」が色濃く残っていた。狩猟、採集、釣りが生活の中心で、自然環境を壊さずに、次から次へと生活圏を移していくという生き方。無理に動植物を育てるのを好まず、人間を含むすべての生き物を同じ「魂(マナ)」として敬うような「アニミズム的世界観」をもつ。しかし、さらに増えてきた定住型民族に再び追い出され、約四千年前、今度は台湾島からも身を退かざるを得なくなった。彼らは人類最初の「航海民族」となることを決心。一隻に人間を三十人以上、ニワトリ・豚・犬などを数十匹、それに芋の苗、飲み水などを積めるほどの大型航海カヌーを開発する。偏西風に合わせて帆と櫂を使い分け、高度な天文学の知識で航路を決める。島から島へと、現在のフィリピン、インドネシア、ニューギニアの列島を辿って南下する。ただ、そこにはすでに五万年前から住んでいるメラネシア系の先住民族がいた。紀元前五世紀ごろ、彼らはまた大きな決断を迫られる。東方に広がる広大な南太平洋に挑戦するか否かと。地球上でホモサピエンスがまだ制覇していない最後の地域、この青い砂漠に挑むか。彼らはサモア島の東海岸に集まり、水平線を見つめる。この先は、まだだれも行ったことがない。もし自分たちが未踏の地を発見すれば、ついに自分たちだけの居場所が得られる。三千年前からさまよい求めてきた土地（フェヌーア）となる。しかし、もし何も見つからなければ、老若男女を問わず全員遭難する。戻るための食料などない。東から吹く貿易風（アリゼ）に逆らって、漕ぎ始める。三千年前から、彼らの身体は辛酸な航海に耐えてきたおかげで次第に筋肉質となり、大柄な男性が増えてきた。ホモサピエンスの場合はおよそ五十世代（千年以上）のあいだ、ある共同体が同じ活動を続ければ、それがＤＮＡの進化に反映されるといわれる。たとえば長年畳に座ってきた日本人にＯ脚が多く見られるのと同じ原理である。ポリネシア民族の場合、身長が伸び、筋肉質が著しくなったわけだ。そのうえ、食料のすべての栄養を素早く吸収するという驚異的な遺伝子をもつようになったと最近の研究で明らかになった（一方、今日の食の欧米化によって多くのポリネシア人が肥満・糖尿病になりやすくなったという裏面もある）。

とにかく、土地を持たないポリネシア人は失うものがない。ひたすらに東へ漕ぐ。命がけで。ほとんどのカヌーは遭難する。最も勇敢な航海者だけが生き残る。そしてある朝、約五千キロの海原を横断後、水平線に奇妙な雲の笠が見え始める。その下には次第に絶海の孤島が顕れる。「フェヌーア・エナータ！（われわれ人間の土地だ）」。これこそが、その二千年後にヨーロッパ人がこの島々を〝再発見〟した際に、原住民の「人間の土地」を改めて「マルキーズ（マルケサス）」と名づけた諸島である。地球のどの島々より、あらゆる大陸から最も遠く離れた諸島。アメリカ大陸のカリフォルニアまで五五〇〇キロ、ニュージーランドまで五八〇〇キロ、日本まで九八〇〇キロ。今も、マルキーズまで航（ゆ）くには覚悟が要る。

赤道付近に聳える十数の火山島には標高千メートル級の峰が並び、緑豊かで雄大な景を織りなす。マルキーズ諸島はつまり、全ポリネシア人の原郷といえる。彼らは十二島の湾ごとに初代の村を作り、子供を産み、人口を増やし、念願の定住地を得たのだ。そして海に臨む多くの石像を建てた。それは、大きな瞳を瞠（みは）って、人類最長の旅という記憶すべき歴史を顧みるような、先祖像（ティキ）である。英雄的な精神力（マナ）と体力をもってここまでたどり着いた先祖への感謝の証、ティキ。

おそらく数百人だった〝選ばれし民〟から人口が自然に増え、十万人近くに達した時代があった。再び土地が足りなくなる。するとまた、巨人のような体格を誇るマルキーズの青年数十人が、航海カヌーを彫り、愛する女性を連れて冒険に出かける。この諸島を拠点として、紀元後三世紀にはトゥワモトゥ諸島、タヒチ島、ボラボラ島などが発見されていく。続いて四世紀にはマルキーズ人がイースター島（ラパヌイ）を発見し、そこに巨大なティキであるモアイ像を数多く建てる。なお、南米のニワトリのＤＮＡ鑑定によると、それらにはマルキーズから来た検体が含まれると判明したので、実はコロンブスよりも早く、マルキーズ人が新大陸を発見していたという説が有力である。十世紀にはマルキーズ人を乗せたカヌーがハワイに到着し、最初の原住民となる。最後は十二世紀ごろ、ニュージーランドの巨大な二島にたどり着く。マルキーズ諸島を中心とした「ポリネシア三角圏」の完成だ。七〇〇〇キロ×七〇〇〇キロ×七〇〇〇キロの正三角形。五千年をかけて巨人に進化したホモサピエンスたちは、世界一の洋（うみ）をわがものにした。現代考古学によれば、欧米人の到来以前の〝純粋なマルキーズ人〟においては、男性なら誰しもが二メートル以上あったという。発掘された骸骨には身長が二三〇センチに及ぶものも少なくない。

「だから昔のマルキーズ人の生粋の末裔だよ。ポリネシアの美男子の代表格なんだ、僕の兄貴ヨナスは！」とヨハンに自慢され、僕は思わず笑いながらうなずく。だがその直後、ヨハンは僕の笑い声をさえぎって、声のトーンを落とし、悲哀に満ちたイントネーションで付け加える。

「でもね、マブソンさん、人間って、身長が伸びるだけじゃない。案外いろんなふうに進化ができて…。別の生き物みたいに…」

三　〈無限大から無限大へカヌーかな〉

ヨナスは大濤（なみ）にのまれ、マグロ船のデッキから海へ飛ばされる。襲って来たマッコウクジラの口中に落ちてしまい、暗黒の世界へと沈む。「この島は嵐にのまれて滅びるぞ」と戒める何者かの大声が鳴り響く。鯨の胃袋の中ではヨナスが叫んでもだれも助けてくれない。

ヨナスはパッと目を開く。

「またあの夢か。クソ。なんで親にこんな不吉な名前をもらったんだ」

ヨナスが知っている唯一の聖書物語、「鯨にのまれた預言者ヨナ（ス）の悲劇」。これを育ての父親がよく語ってくれた。最後の教訓はいつも、「だから、用心深く生きろ」。大嫌いだった。この寓話も、クソまじめな父親も。それでヨナスはその教訓に逆らって漁師になろうと決め、去年、実家を出た。玄関でヒバオア島の村長を務める育ての父にひどく軽蔑された。「お前、体がバカでっけえかもしれないけど、まだ十八だぜ。釣りであの年上のフランス女を食わせる気か？　このバカ息子」という父の最後の怒声は、あの夢の中の

「島が滅びるぞ」の恫喝の声と同じトーンだった。

「二時だ。行くね」

「モンシェリー、気を付けてね」と、フェルメールの「真珠の耳飾りの少女」そっくりのプリシリアがささやく。

「うん」

「モンシェリー、右足はだいじょうぶ？」と心配そうに彼女が尋ねると、ヨナスは爽やかな笑顔で即答する。

「ああ、南東風（トゥアトナ）側の足な、もう治ったよ」

プリシリアには理解できなかった。なぜヨナスはフランス語で話している時も、マルキーズ語で話す時と同様、「右、左」と言わず、「南東風側」とか「海側」とか「山側」と言うのだろう。二人が住む小屋などについて言うなら「海側」はありえるが、自分の身体を指す時まで周りの自然環境を基準にしないと位置付けられないという思考回路が、到底理解できなかった。なぜなら、ヨナスは今プリシリアの右側に仰向けで寝ていて、マットが北西向きだからこそ「右足」が「南東風（トゥアトナ）側」となるが、彼が立ち上がったら、それはまた変わるだろうに。そう思いつつ、プリシリアは首元に丸まって寝ていた子猫をどかして、ヨナスからキスをもらおうとする。ところが彼はすでにマルキーズの無限の夜闇に消えていた。

ヨナスはびっこを引きながら、月下のでこぼこ道を歩く。プリシリアには言わなかったが、実は左足にも傷ができている。昨日、マグロ船のデッキにあった「鰭射し棒（マヒマヒ）」を踏んでしまい、足裏の四分の一ほど皮膚が剥けた。その左足に分厚い黒い靴下を履き、右足は裸足のままで、山腹から港へ降りる。山側にはオリオン座が上がり、海側には下弦の月が沈み、漁港の真上には銀河の尾が白鯨の尻尾のように曲がりくねって、瞬く。だれもいない山岳トレイル。

「俺は幸せだ」。ヨナスはこの瞬間、足の痛みなどを完全に忘れるほど、星空の魂（マナ）で胸がいっぱいになる。ポリネシアの人間は、「瞬間」に心身を委ねることができる。時を止める術（すべ）を知っている。たとえば、古代マルキーズ語では、「過去」と「未来」を同じ単語〈オムア〉で言い表す。「俺は幸せだ」と思う瞬間＝〈オムア〉、そこには過去も未来もない。無限大から無限大に向かう一隻のカヌーになる。銀河の中の小さな孤島である地球に浮かぶ、そのまた果ての孤島を、ただただ歩く。ヨナスは深呼吸する。家から波止場までは徒歩で約一時間かかるが、一瞬のように、または永遠のように感じる。ヨナスは毎朝、出勤中、銀河の下で時を止めるのだ。何もない、だれもいない、永遠（オムア）の時間である。

「カオハー」（＊「愛」という意味のあいさつ）

「カオハー　ヌイ」

マルキーズの漁師たちの間では漁の始まりから終わりまで、たいていこの愛（カオハー）以外の言葉を交わす必要がない。あいさつもそこそこに、昔から決められた手順で、黙々と、粛々と、マグロを海神（わたつみ）からもらいに航（い）くだけだ。

　使われる漁船は、ボニティエ（かつお船）と呼ばれ、全長十二メートル程度、乗組員四人の木造船である。今は主な十二島のうち六つしか有人島がなく、全諸島の人口が一万人足らずなので、それぞれの島民がその日に食べる分のマグロさえあればよい。島ごとに一隻から三隻のボニティエが毎朝一回出港し、一島につき四十本から六十本のマグロを獲ればば足りる。

　太平洋の臍ともいえるマルキーズ諸島付近は世界的なマグロの繁殖地域として知られ、一メートル程度の小物しか泳がないが、おもしろいように釣れる。メバチマグロ、キハダマグロ、あるいはカツオなら、いとも簡単に獲れる。数年前、この手つかずの資源を狙って、タヒチ、ベトナム、中国、日本、韓国などの大型工船が周辺に迫ったが、通常おだやかなマルキーズ人が突如過激な抗議デモに出て、世界の漁業団体が驚き、諸島から四十キロ圏内の海域は「マルキーズのボニティエ船のみ」と国際法で認められた。

「カオハー」

「カオハー　ヌイ」

　これで全員お揃いだ。ヨナスに百貫デブでまかない料理のうまいアルベール、去年漁船のラインに親指半分を切断されてしまった若僧のマヌー、そして操縦しながらトローリングラインを引けるという器用な爺ルシアン。

四百馬力のエンジン音が、悲壮な芝居の舞台音楽のように轟く。デッキの前方、エンジンキーがぶらさがるボードの右側に、十センチほどの小さな十字架がかかっている。たったひとつの船上ランプの明かりがそこに当たるようになっていて、銀色の小さなイエス・キリストは、甘美な表情で目を閉じている。ヨナスは思う。「いいな、イエスさまは。いつも眠っていられて」。十字架の真上に、南十字星（ナベカ）が瞬いている。全員、火山島と火山島をぶつけるかのように、大きな手と手を組み合わせて祈る。時が止まる。二、三分後だろうか、一斉に解散し、四人とも白いゴムブーツを履き、穴だらけの軍手をはめる。ヨナスは二つの大きなクーラーボックスのフタを開け、百リットルの布袋から適量の氷を底のほうに注ぐ。アルベールとマヌーは、その辺にあったビニールシートに身をくるめて、船尾デッキで親子のように寄り添って仰向けに眠る。ルシアンは二階の操縦室に上がる。

ボニティエはしずかに波止場を離れ、無限の闇に入る。十メートル程度の桟橋を回ると、大海原のうねりと出合う。十秒毎の周期で、上、上、上、下、下、下、上、上、上と上下しながら、クルミの殻のような小型ボニティエはなんとかして進んでいく。右も左も、前も後ろも、濤の白い頂きは淡い天の川と重なって見え隠れする。およそ七度に一度、大波の飛沫（しぶき）が船尾を舐めて、二人の漁師を時おり目覚めさせたりする。

ヒバオアはマルキーズ諸島のなかで唯一丸くない島だ。長さ約二十キロ、幅約五キロの細長い生き物のように横たわっている。タハウク港は若干西側にあって島一の港を誇り、隣接するアツオナ村は人口千人の島一の町である。また、島の両端にプアマウとタオアーという二つのさらに小さな村が在り、そこには島民の残りの約千人が住んでいる。あとはすべて険しい山々を覆う熱帯原生林が広がるのみだ。

毎日午前三時に、タハウク港から一隻か二隻のボニティエが出港する。マグロを主食とする全島民の生活に欠かせない漁獲だ。換言すれば、マグロが釣れなければ島は飢える。今日二月十二日は、ヨナスたちのボニティエ一隻しか漁に出ていない。

出港して一時間。島最東の岬マタフェヌーアが、夜明け前の霧の間に鼻の先を見せる。このプアマウ湾を、フランス領ポリネシア最大のティキ像「タカイイ勇士」が見張っている。ヨナスは十字架の下に置いてある小さな木箱を取り出す。女体を覗くような艶めいた眼差しで、中からルアーを二十個選ぶ。十字架の両側の、釘と釘のあいだに巻かれた四本のトローリングラインを丁寧にほぐす。それぞれ五メートルおきに、ルアーを五個ずつ取り付ける。長さ四十メートルほどのラインを慎重に海へ垂らしていく。まずは真ん中の二本。デッキの両端のアウトリガーのローラーに、残り二本を通す。両端の担当は、腕の長いヨナスとマヌー。真ん中の二本はアルベールとルシアン。ピーという「エンジン停止サイレン」が鳴る。ルシアンは操縦室から降りて、舵輪と繋がる竿を片手に、ラインを握る。

アルベールは眠そうに、その太った身体をルシアンに押し当ててラインを取る。サイレンが止まる。完全無音だ。マグロはまだ眠っている。イルカのつがいがひと跳びして、ティキの湾へ去っていく。いや、戻って来た。イルカは、深海で眠っているマグロたちの最後の朝が来た、と分かっているかのようなしたり顔を見せる。だが、マグロはまだ目覚めない。

この辺りはいつも海面が朝凪(あさなぎ)となるが、下の流れは非常に強い。ヨナスはポケットから手巻きタバコの袋を出し、気にせぬ顔つきで紫煙をくゆらす。時が止まる。ヨナスが吸い殻を海に投げ捨てた途端、マヌーは「HOP, HOP!」と吐くように叫ぶ。来た! 両端のアウトリガーのラインを摑まえるように、マヌーとヨナスは全身を海面へ傾けて引き棒で釣り糸を寄せる。握っては引っ張る、握っては引っ張る。マヌーはやはり右手の親指が痛そうだ。ルシアンとアルベールは息を荒げてひたすらに引っ張る。ヨナスのラインからメバチマグロが現れる。左手で尻尾をつかみ、右手で針を外す。クーラーボックスの横にあった木棒で首の裏を重く打つ。ナイフを取り出しマグロの腹を斬る。刃(やいば)が光る。ヨナスの笑った歯並みが光る。マグロはパタパタと氷のなかで暴れる。さあ、アルベールのラインから今度は縞模様のカツオだ。ヨナスは棒を差し出す。アルベールは針を外す、首を打つ、腹を斬る、氷に投げる。コンテンポラリー・バレエのように、五分ほど男四人とマグロたちの舞(まい)が繰り広げられる。南太平洋の朝焼けが血色に染まる。震えて死ぬマグロ、震えずに死ぬマグロ、皆同じ清らかな目玉をして、遠くの方でまだ眠っている村を見つめながら死に瀕する。全ラインを引っ張り終えると、ボックスの中を覗く。マグロ十本、カツオ一本。ルシアンは海鳥の群れを発見する。舵輪の棒で舵を切って、そこへ急ぐ。海鳥たちは飛び降り自殺のように海面に激しく突っ込み、小魚をくちばしにして逃げていく。ピーとエンジン停止サイレンが鳴る。沈黙。また時が止まる。ヨナスは「HOP, HOP !」と叫ぶ。虹色に輝く大物の鰭（マヒマヒ）だ。鰭（マヒマヒ）射し棒で鰓（えら）辺りを深く突く。快感だ（昨日、この棒に足裏を傷つけられたと思うとさらに…）。棒で慎重に釣りあげるとヨナスの唇まで鰭（マヒマヒ）の血が飛び散る。思わずそれを舐めて味わう。旨い。やはり、鳥たちはいいところを知っているのだ。そしてルシアンは鳥の心を知っている。ここでボニティエを三回Uターンさせて、あっという間にマグロを四十本揚げる。たいてい一日に五十本以上は売れないし、これでボニティエのオーナー・レオさんが一人五千パシフィック・フラン（約六千円）くれるだろうし…もう、休もう。

「アルベール、カツオ！」と、ヨナスは朝の「カオハー」以来、初めて言葉を発する。アルベールは何も言わずに、バケツの上で生きているカツオの背に刃を入れ、捌き始める。その間、ヨナスはゴム手袋をはめて、一本一本マグロの腸（はらわた）と鰓を手づかみで丁寧にえぐり出す。時々鰓から心臓の部分が見えるとそれを食べたり、仲間に投げたりする。傍らでアルベールが持参した自家製ココナツミルクとライムを豪快にカツオの刺身にぶっかける。

全員バケツに手を入れて、朝食とする。

その時だ。ヨナスはいつものとおりマグロの腸でいっぱいのバケツを海に投げて、サメが来るのを楽しみにしていた。しかし、その朝は別の生き物が来た。一回だけ見えた。一瞬。一瞬とはいえ、見間違いではなかった。その生き物が一回跳び上がるのがハッキリと見えた。髪の毛のない小さな童顔で、東洋人女性を思わせる繊細さがあった。多分、笑っていた。肌は蒼白。上半身も華奢だか、肩幅は広い。胸もあった。小さめの、女性の胸が。そして、イルカの尻尾をしていた。尻尾は突如ひるがえって、彼女は海へと沈んで消えた。

「人魚だ、人魚を見たよ」とヨナスが叫ぶと、ただちに乗組員全員が爆笑する。

「おもしれぇこと言うんだな、ヨナス！ プリシリアちゃんがお迎えに泳いで来たのかい」と若僧のマヌーにも嘲られる。いつも勇敢な漁師として仲間に尊敬されてきた自分が、初めてからかわれる。めまいがするほどの屈辱感に身を焼かれる。

ヨナスは、ふと思い出す。「この島には絶対、人魚がいる」と言っていた詩人がいた。去年か一昨年か、一年ほどヒバオアに住んでいたフランス出身の詩人だった。彼は世界中の島のうちでヒバオアだけが人魚の形をしていると、たしか「人魚島(にんぎょとう)のソネット」という詩で書いている。その詩はまだアツオナの浜辺茶屋に貼られている。詩人いわく、タハウク港とアツオナの浜は唇であり、テメティウ山は鼻で、タオアー村にある怖い二体のティキ像は両眼だ。そしてプナエイの「笑うティキ」は島の心臓にあたり、プアマウ湾の「寝るティキ」と「タカイイ勇士のティキ」は女体の〝秘密の谷間〟と詠っている。最後の詩句は、浜辺茶屋の若い女たちが今も時々艶かしく唱えたりする。フランス語とマルキーズ語で。

Île-sirène, si près de ta grotte enfin,
Laisse-moi dormir la tête sur ton nombril,
Je t'aimerai, tu m'aimeras, Ô femme-dauphin !

Fenua me he àimaùoùo I tītahi koava o to òe pito
Moe poto i te avatea
I o he ana o hinenaò pohoè anatu, O vehine paaoa !

日本語の七五調に訳せば、「人魚に似た島の臍にて昼寝せん。実(げ)にイルカ女(じょ)が洞窟出づらん」となろうか。

ヨナスは思わず口に出す。「そうだ、あそこのへケアニ湾、「人魚島」の臍なんだ」。波の間に、小鈴のごとく飛魚が踊る。桃色に染まる朝焼けのへケアニ湾の崖を一望しながら、ヨナスはイルカ女の美貌を思い出す。水平線に視線を定める。心に誓う。今生のうちに必ず彼女と再会することを心に誓う。

＊　＊

「ヨハン、僕だよ。その詩人は！」

上越市立水族博物館の方から、ディズニー・アニメ「リトル・マーメイド」の主題歌が流れてくる。「人魚ショー」の始まりだ。

いつのまにか、二人とも目が潤んでいた。僕はヨハンに切々と説明する。

「二十年前、一年間、僕はヒバオア島で、本当に幸せだった。あの時、日本でのストレスを全部忘れてね。父の死の直後だった。あなたの島に、本当に癒された…。一生に一度、時が止まったような幸せだった。あそこでたくさんの詩を、そして小説も書いたよ」

「知ってるよ、マブソンさん。僕だって、そのころ七歳だった。いつもあなたが島中の道を歩いているのを見てた。日本の詩、ハイクだっけ、それを作ってたでしょう。あなたの本はまだアツオナの図書館にある。マルキーズで作ったハイクの本ね。そしてあの人魚島の詩はまだ浜辺茶屋に貼られている。ボロボロだけど。ヨナス兄ちゃんはいつも言ってた。「あの詩人は何かを知っていた。預言者だった。会いたかったな」と。さっきマブソンさんがこの店に入って来た瞬間、すぐ分かったよ。マブソンさんはちょっと太ったけどね。最初はあまりにも偶然でビックリして、なんだか怖かった。でもこれも運命だと思って、声をかけた。だって、二十年前、僕のふるさとの道をひたすらに歩いてた人だもん。詩人のローラン、お久しぶりです…」

四 〈ヨガ教室は美女の溜まり場竜眼赤む〉

午前九時ごろ。ヨナスはまだ足を引きずっている。港から山腹へ家路をたどる。普通の歩調なら、ここから約一時間かかる。手に提げている古いビニール袋にメバチマグロの尻尾が入っている。血が滴って、でこぼこ道に赤い点描画が出来ていくようだ。

結局二時間かかった。玄関前に着くと、最近飼い始めた若い白馬が、チャイムのようにいないないて出迎えてくれる。プリシリアが家から出て来る。

「モン・シェリー、パエパエ君を驚かさないでよ」と馬の顎を撫でながら、いつものお叱りと甘えが混じったようなイントネーションでヨナスを迎える。彼女がこの馬をこれほど溺愛すると、調教がしづらくなるな、とヨナスは案じる。プリシリアが「車が無いから、せいぜい買い物に行くための馬が欲しいの」と言い始めたのは、去年の終わりごろ。それでクリスマスプレゼントにしようと、ヨナスは裏山へ野生の仔馬を探しに行った。ちょっと上の方、プアネイ地区の「笑うティキ」の近くに、かつての人身供犠壇(じんしんくぎだん)が残っている所。ジャングルのただ中の、昔は聖職者に指名された村人あるいは戦いの捕虜を生贄(いけにえ)にして、その場で遺体を煮込んで村人全員で食人を行っていた聖地だ。そういう石造りの広場をマルキーズ語で「パエパエ」と呼ぶ。ヨナスはそんな（やや不気味な）遺跡で純白の仔馬を見つけたので、プリシリアの反対を押し切って「パエパエ」と命名した。

「ね、またマグロの尻尾なの？　腹の下の方が脂がのってて美味しいってば。パリの寿司屋さんだってだれでも知ってるのよ」と、たまにパリジェンヌ気取りに戻るプリシリア。そして血だらけのビニール袋を受け取る。

彼女はもともと、パリの郊外で溶接技師として働いていた。パリの専門学校を出てすぐ、小さな鉄工房に就職し、装飾的な鉄製品の注文が多いなか、男性職人の粗い仕事よりも彼女の美意識の方がお客さんに買われ、二十二歳という若さで副工房長に就任した。今から三年前、工房長とその奥さまに誘われ、バカンスでフランス領ポリネシアを巡るツアーに参加することになる。そこで、マルキーズ諸島に一目惚れする。グローバリゼーション最盛期の今日でも、まだ原始的で、ほぼ自給自足の生活を続ける孤島がある、と目からウロコだった。価値観が大きく変わり、パリに戻ってもヒバオアの自然と人間が忘れられない。その後一か月ほどで仕事を辞め、高級マンションを買うための住宅ローンをキャンセルし、システムエンジニアだった彼氏と別れる。少ない貯金を携えて女一人でパリを出て、タヒチまで三十時間、タヒチからはなおも四時間かかるプロペラ機のフライトを乗り継ぎ、ヒバオア島の空港に着く。最初は特技を生かそうと、港でヨット・漁船修理の仕事に就こうとするが、パリとは違ってここマルキーズでは、そんな仕事を女性に、とりわけフランス本土の「若い姉ちゃん」には任せられないという差別と偏見に遭う。苦渋を舐め続ける。たった一人、船の手入れ作業を依頼してきたのは漁師を始めたばかりのヨナスだった（半分はナンパが目的で…）。その後プリシリアは、ヨナスから貝殻や木の実や動物の骨などの探し方を教わり、マルキーズの伝統的なアクセサリーを家で作るようになり、それをタヒチの商店に送ったりして小遣いを稼げるようになった。そして去年の十月から、五歳年下のイケメン漁師ヨナスと質素な同居生活を始めた。

「庭からライム二個と青パパイヤを一個取ってきて、モン・シェリー。背がでっかいんだから」とプリシリアはオペレッタを歌うような甘い声で頼んで、ヨナスからおかえりのキスをもらう。

「あの」とヨナスは帰宅してからはじめて何か言おうとするが、プリシリアはココナッツミルクと青パパイヤとマグロを和えながら、彼の話をさえぎる。

「ソーラーパネル、二個めが欲しいの」

「二個あるよ」

「いや、一個はね、太陽熱温水器でしょ。発電用のパネルをもう一個欲しい」

「ナイキに頼めば、次の貨物船（ふね）でタヒチからすぐ来るよ」（＊「ナイキ」とは、島に二軒だけある商店のうち大きい方で、電化製品の注文も受け付けている）

「すぐって、どのぐらい？」

「うーん、次のアラヌイ号はたしか三月二十日着だな」

「あと一か月半？　だってこれじゃ、冷蔵庫と洗濯機を同時に使えないもん。ウチ、それ以外に電化製品はなんにもないんだけど」

「わかった。あさってナイキまで歩いて、注文するね」

「それか、ＥＤＴ（タヒチ電力）に繋いでくれるかな」

「そりゃ、ちょっと無理だね。高い」

「でもね、ウチ、家賃は五千だけでしょ。水は湧き水だし。野菜と果物は全部あたしが庭で作ってるし」

「いつもありがとう」

「レオから今日、いくらもらった？」

「五千」

「五十本も釣れたの？　よかったね。じゃ、パネル、頼むね」

マルキーズ諸島は、赤道付近に位置するのに、南極から継続して流れて来る寒流のおかげで、一年中気温が摂氏二十七度程度にとどまる。それでも赤道直下ならではの強い日差しが注ぎ、ソーラーパネル二個もあれば、一般家庭では電力が余るほどだ。なお一年中南東から涼しい海風（アリゼ）が吹き、冷房も暖房も要らない。それでもって、赤道付近ということで台風やサイクロンなどの心配もない。時々雨が降っても、十五分以上続くことはない。地震もない。季節もない。太古から毎朝五時に日が昇り、毎晩五時に沈む。永久(とわ)の島である。

「あの」と、生マグロをすべてむさぼり食ったヨナスはついに話そうとするが、プリシリアはまた話をさえぎる。

「それからね、あさって土曜日の午後、バレンタインデーなのに申し訳ないんだけど、「ヒバオア環境保護協会」の発足会があるの。アツオナの中央広場(トファア)でね。一緒に来てくれる？」

「だれがやってる…」

「ほら、あのトップモデルみたいな娘(こ)。タトゥーだらけで、ヴィーガンでさ…。最近ボラボラ島から移住して来て、ヨガ教室をやってる娘」

「ヘレイティさん」

「あなた、彼女に気があるんじゃないの？」

「全然」と即答しながらヨナスはプリシリアの唇の先にキスを置く。

「その、ヘレ…ヘレイティが会長を務める予定。で、地球温暖化について講演をしたり、その後みんなでいろんな分科会をやって、椰子の葉で器を作ったり、マルキーズ料理とか、マクラメとか…。古布で日本のTAWASHIを作ったり…」

「TAWASHI？」

「とにかくさぁ、参加者には男が足りなくて、格好付かないんだって。あさって、仕事はおやすみでしょ」

「あの、プリシリア、人魚を見た」

ヨナスはついに言えた。

「『リトル・マーメイド』の続編？　こないだ新しく出たってね。観てるわけないでしょ！　ウチ、テレビもビデオデッキもないし、この島はレンタルビデオ屋もないんだもん」

「そ、そうじゃなくて」

ヨナスは、さっきのが質問ではなく肯定文であることを告げれば、間違いなく最愛の恋人に嘲られるのだと直覚する。

「そっか。地球温暖化の会だっけ、自然保護の会だっけ、それ、俺の父は出るのか？」

と訊くと、プリシリアは困惑した表情になる。

「村長だからね…来るでしょうね」

「行かない。ごめん。それとあさってはテウイア叔父さんに会わなきゃ」

「あ～、ゴーギャンの孫弟子だという、あの女好きの彫刻家の叔父さんね」

「彼が育った村、ヘケアニというところについてちょっと聞きたいんだ。今朝、漁の帰りにあそこを通ったら、浅瀬というか…なんか変なのが見えて」とヨナスは再びプリシリアに打ち明けようかと躊躇する。すると彼女はヨナスの顔のすぐ近くに己が顔を近づけて、微笑しながらささやく。

「あなたこそ、船からかわ～いいリトル・マーメイドを見たんじゃないの？　あやしい～、愛しいオデュッセウスよ！」と話を締めくくるように、ヨナスの口に長いフレンチキスを押し付ける。

五　〈ゴーギャン墓碑女像の乳首を触れば死す〉

ヨナスは歩く。アツオナ村方面に海岸沿い道路を足早に歩く。どちらの足ももう痛くない。家から山腹を下ると、左は港、右は村へと道路が分かれる。遠くから雄々しいポリネシア舞踊「ハカ」の掛け声がこだまする（＊「ハカ」はもともとニュージーランドのラグビー選手の〝威嚇ダンス〟ではなく、その先祖であるマルキーズの武士の踊りである）。掛け声のハ行は波音のマ行と混じり合い、次第に音量を増していく。そちらの方へ近づくにつれ、そのうえに低音伴奏のように草刈り機のパートが加わる。ずいぶんのどかな「フランス軍基地」だ。ミュージカル衣装を思わせるような純白の軍服をまとった大佐の前で、二十人ほどの青年が半袖半ズボンの迷彩服でハカを踊る。ＳＭＡ（希望者兵役センター）は島で唯一の駐屯地、というより〝元不良少年のための楽しいキャンプ場〟と言った方が正確だろう。毎年フランス中から数十人の若い男女が集まり、ここで人生の再スタートを目指して一年間マルキーズの大自然のなかで体を動かすという、福祉国家フランスならではの意図に叶った施設といえよう。ヨナスが通りかかると、皆が「ホアーッ」とあいさつ代わりの掛け声を送る。ヨナスは手をあげて微笑を返す。道路の反対車線から時おり車が現れ、その都度中の運転手もほのぼのとした表情で手を振る。ヒバオアでは、見知らぬ観光客であれ、ヨナスのような誉れ高い漁師であれ、道ですれ違えば必ずお互いに手を振る。人口の少ない孤島では当たり前の習慣だ。だが世界中の「先進国の都会」では、見知らぬ人へ手を振れば、逆に「頭がおかしい」と怪しまれるに違いない。ヨナスは、ここが世界で最も温和な人間たちが住む諸島であるとは知るよしもない。ヒバオアよりもさらに孤立した貧しい島・ファッヒバに生まれ、五歳のときにヒバオアの村長に養子としてもらわれたため、その二つの島しか知らない。彼はつまり、苦難多き地球の臍にある「しあわせの島」しか知らない。

ヨナスは一か月ぶりに訪れるアツオナ村中心部を遠望しながら、大きな町だなと胸を躍らせている。

「ヨナスさん、アツオナへ行くの?」と、後ろから車で来たSMA基地大佐の若奥さまであるセシリアが声をかける。

「どうぞ~、乗って!」

「カオハー、セシリア」

「カオハー　ヌイ。お元気？　プリちゃんもお元気？」

「ん」

「中央広場（トファ）まででいい？」

「いいよ。そっか、セシリアも温暖化の会に行くの？」

「そうそう、ヒバオア環境保護協会の発足会ね。わたし、朝から準備しないとね」

ヨナスは後部座席に積んである古布の山を一瞥する。

「TAWASHIってなに？」

「あ、プリちゃんから聞いたの？　日本のスポンジみたいなものさ。木の板に釘の列を打って、そこで古布を編むと作れるのよ。エコロジカルでしょ？　午後の分科会でわたしが担当するのよ…」と、興奮気味に説くセシリア。彼女の金髪の長い三つ編みに、白花（ティアレ）が五、六輪刺さっている。頭上にはマルキーズの伝統的な花冠（フムヘイ）をかぶっている。これは女性（ヴェヒネ）の秘密兵器だ。ハチミツ系の香りを放つ白いカウペの花、白檀、イランイラン、ミントなどが織り込まれている。車中に花のフェロモンのような妙薬が漂う。ヨナスは彼女の唇をじっと見つめているが、話を聞いてはいない。トヨタの大型ピックアップ車を運転しながら、彼女は延々と「二酸化炭素、化石燃料削減、海面水位上昇問題」などと祈りのように科学用語を唱え続けている。

フェキ岬を右へ回ると、巌巌とした稜線の半円（カルデラ）に囲まれたアツオナの谷を一望できる。

浜辺を見下ろすテメティウ山が目前に迫る。「人魚島」の鼻だ。海面から一気に標高一二七六メートルまでそびえるテメティウは、山というより「尖峰」と呼ぶべきか。斜面の大半が海に深く埋もれていて、実際は七〇〇〇メートル級である山岳の先の部分だけが突き出て、天を射す。この絶景にかつてフランスの画伯ポール・ゴーギャン（一八四八～一九〇三）も詩人ジャック・ブレル（一九二九～七八）も魅了され、この島を死ぬまで離れることができなかった。それを納得させるほどの山霊顕現なり。テメティウ山の真下、旅人たちを吸い込むような「人魚島の唇」といえば、怪しき名の黒砂ビーチ「裏切りの湾（ベデトレートル）」である。

「ね、聞いて、ヨナス。浜辺茶屋が閉店するかもよ」と、セシリアは再び生気ある人間の声に戻った。

「なんで？」

「それがね、向かいのホテル・レストラン・モエハウのオーナー、あの感じ悪いグラモン親爺がね、役場に「衛生基準を満たしていない」とかで通報するってさ。あぁ、浜辺茶屋の方が美味しくて、安くて、サービスもいいのにね。グラモンとこに客が入らなくなるのは当たり前だわ。あの親爺は悔しいだろうけど…」

「たしかに、グラモンは感じわる！　カネしか考えない。あの人はやっぱタヒチの人だね。マルキーズまで儲かりに来ただけだ」とヨナスがめったに言わない悪口をこぼしているうちに、はやくも車は村役場の前まで来ている。育ての父、エティエンヌ村長が役場前のマンゴーの老木辺りに出ていないか、目を光らせる。いない。

「ほっとした」

「何にほっとしたの、ヨナス？」

「あの、その、店がちゃんとやってるってことにさ」とごまかす。

「そりゃね、もう九時だもの。土曜日は朝の十一時までしかやってくんないし。平日だけ午後は二時間ばかりやってて…まあ、この島の人もずいぶん楽してるわ。たったひとつのライバル店も同じでね。ほかだって、郵便局、薬局、パン屋、観光案内所まで、みーんな土日はずっとお休みだもん！ ほんとうに、わがパリ八区だったら考えらんないよ。ま、わたしはあと半年で帰国だけど…」と、ブレーキを踏みながらセシリアは大急ぎでヨナスの両頰にあいさつのキスを置く。

「ナーナー」（＊「またね」の意味）

「ナーナー、セシリア」と答え、ヨナスは車から降りて店に入るフリをする。そのまま谷の奥の方へ上る小径（こみち）に入る。ソーラーパネルの注文は帰りにしようと考えながら…。テウイア叔父さんは、土曜日の朝の早い時間ならきっと家にいるだろう。彼ならヨナスが人魚を見たというへケアニ湾のことを何でも知っているはずだ。

「叔父さん、お邪魔します、ヨナスだよ」

「『叔父さん』じゃないでしょ。僕らはいとこなんだ」

「うん、三十五歳違いのいとこだけどね」

テウイア叔父さんは小さな赤バラの木に懇ろに水を与えている。赤道直下のマルキーズでバラをなんとかして咲かせようとしているのはおそらく叔父だけだ、とヨナスは微笑ましく思う。五十路まで独身で、彫刻と自由恋愛に命を捧げる素敵な「いとこ兼叔父」である。

「このバラは、バレンタイン用か？　叔父さん」と訊くと、テウイアはフランク・シナトラを思わせるようなチャーミングな笑顔で即答する。

「ひーみーつ！　それより君、どうしたんだい？　ずいぶんお久しぶりだね」

「叔父さん、話がある。どっから言えばいいのかな。あの、去年あたりまで、ジャン・ソクール先生んとこでバンガローを借りてたという詩人、詩を書く人だよ、覚えてる？」

「覚えてるとも。親友だったもん、ローラン君ね。いまごろどうしてんのかな。まだ日本に住んでるのかな…」

「あの、彼の詩の最後のところの…」とヨナスが付け加えると、テウイアは、

「Île-sirène, si près de ta grotte enfin, Laisse-moi dormir la tête sur ton nombril, Je t'aimerai, tu m'aimeras, Ô femme-dauphin！（人魚に似た島の臍にて昼寝せん。実にイル

カ女が洞窟出づらん)」と、暗記したソネットを抒情的に朗唱する。

「それ。それって思ったんだけど、島の「臍」といえば、叔父さんが育ったヘケアニ辺りじゃないか?」と訊くと、テウイアは急に姿勢を正し、しばらくしてまたゆっくりと花バラの方へ首を傾げる。そこで言語がフランス語からマルキーズ語に変わって、

「コケ(*マルキーズ語でポール・ゴーギャンの呼び名)は悪くないんだ。島の人はいまも、みんな勘違いしてるんだ」と憂える。

「叔父さん、俺はヘケアニのことを知りたいんだ」

「だーかーら、僕のお爺さんの親友だったポール・ゴーギャンのことを語らないと、ヘケアニのことも分からないんだよ。さ、中へ入れ…ライムジュースでいいか?」

「うん」

「まずはね、その、僕を育てたお爺ちゃん、覚えてる? …覚えてないか。一八八〇年生まれ、一九八〇年、百歳でコロリと死んだ。そっか、君が生まれる五年前か。とにかく彼はヘケアニの村が滅びるまでの間、あそこの最後の村長を務めたんだよ。彼の名はエミール・フレボー。僕の母の旦那、つまりアンリ・フレボーは、その長男に当たるね」

「え? なんで父と言わないの? 母の旦那? 去年がんで死んじゃったアンリ伯父さんだよね」

テウイアは辛そうに深呼吸する。

「僕の実の父じゃねえから。今だから言える。知らなかったのか？　僕が幼いころ父方のお爺ちゃんに預けられたのも、実の子じゃないからさ。母は母だよ。ずっと前に亡くなったイヴォンヌ伯母さんね、覚えてるよね？　君のお父さん、エティエンヌの姉だった、僕のかあちゃんよ」

「というか、俺も実の子じゃないし」

「とにかく僕の母イヴォンヌは、結婚した直後、ヨットで遊びに来てたアメリカ人と不倫したんだ。ベンソンなんちゃらというヒッピーみたいな男。それが僕の実の父だって。でも、母は悪くないと僕は思う。もともとマルキーズでは伝統的に一妻多夫だもん。その方が世の中が平和でうまくいく。男たちは嫉妬しなくなるから！　ただ、母の旦那アンリはフランス系の人だから、それを理解できなかったんだろう。僕が生まれて認知はしてくれたけど、すぐヘケアニのエミール爺ちゃんのところへ馬糞のように赤子を送ってさ…。エミール爺ちゃんはもともと一九〇一年、ゴーギャンよりも数か月早く、このヒバオア島に移住して来た元フランス軍人だった。でも軍隊が嫌いになって除隊願いを出して、ここアツオナでワイン商を始めた。そりゃ、飲んべえのゴーギャンと仲良くなるわ。店は今の郵便局んとこにあったけど、自宅はミッションスクールの横、浜辺のちょっと上ね。で、ゴーギャンは「野性の楽園」を求めてタヒチから移住して来た。最初はさらに何もないところ、ファツヒバ島まで行きたがってたらしいけど。あ、ごめん、ヨナス君だって五歳までファツヒバにいたよね」

「いいよいいよ、本当に何もないところだ」

「で、実はゴーギャンは僕の爺ちゃんエミールから土地の一部を買ったのさ。となりのミッションスクールのマルタン司教は沼地の狭い土地しか売ってくれなくて困ってたから。ひでえ司教だったよ。いつも爺ちゃんが言ってた。カネ好きで、若い娘好きで、男の子にまで手を出してたって。それでゴーギャンはね、冗談でさ、「好色親爺」と彫ったマルタン司教そっくりの彫刻を作って、それを自分のアトリエ「快楽の家」の玄関に飾ってさ。ああ、コケ、おもしれえなぁ。フランスの憲兵の賄賂もバラしてさ、そのおまわりさんに名誉毀損だと訴えられて。でもゴーギャンは逆にタヒチの裁判所まで行って訴え返す。恰好いいなぁ、コケ。おまけにマルキーズの人々に「そんなフランスのお役所に税金を払わんでいいよ」と呼びかけたりして…ゴーギャンはとにかく凄い人だったよ」

「叔父さん、ヘケアニのイルカ女の話は?」

「だーかーら、話を聞けばもう少しで分かる。エミール爺ちゃんもそんなアツオナが嫌になって、ヘケアニという僻地で土地を買って、その村長になったとさ。で、あそこの女は華奢でね、色白の美人が多くて、昔から評判で…」

「色白ね、東洋人みたいな。わかる」とヨナスが興奮気味に付け加えると、テウイアは訝る眼を向ける。もしかするとこの若僧は、この純情ないとこは、すでにどこかのイルカ女に恋をしているのかもしれない。この話はやめた方がいいか、と。人魚に恋をした男はだれも幸せになった試しがない。ゴーギャンもそうだった…。ただ、テウイアはゴーギャンの名誉回復のために、どうしても語らなければならないことがある。

「うん、ヘケアニの娘はたしかに君の言うとおり、肌が白い。白イルカのように…。ま、とにかく、僕のお爺ちゃんはつまり、君の知らないエミール爺ちゃんはね、ちょうど百年前、ゴーギャンに頼まれたんだよ」

「なにを?」と、ヨナスはめずらしく平常心を失ったような裏声を上げる。

「妻にするから、ヘケアニに可愛い娘はいないか、とゴーギャンに頼まれたんだよ。するとね、お爺ちゃんはヘケアニのなかでも最も美人が多いという、旧家タウアヌイ家の娘を紹介したって。それがゴーギャンの最後の奥さん、ヴァエオホちゃん。歴史の本ではクリスチャンネームのマリ・ローズとしか載ってないけど」

「あ、あった。たった十四歳で妊娠をさせられて、ミッションスクールをやめさせられたという、マリ・ローズね」

「違う、違う。十四歳だったという証拠は何ひとつないし。だってヘケアニの娘はみんな若く見えるよ。爺ちゃんは言ってた。たいてい僻地の生活がつらいから、ヘケアニの旧家はみな娘をアツオナのミッションスクールに出したがるけど、入学試験が難しくて、若い子じゃ受からない。すると二十歳ぐらいの子でも十代前半に見えるからということで、ウソをついて二十歳から中学校に通わせるんだ。あとはアツオナでいい旦那を見つけて僻地から逃げる。ヴァエオホちゃんの親だって、喜んで五十の画家と結婚させたんだよ。ゴーギャンさんは教養があってね、フランスの法律に詳しいから、民事法に「学校から実家が二マイル以上離れた生徒は通学の義務がない」とあるのを見つけて、ミッションスクールからヴァエオホちゃんを退学させた。するとね、彼女を狙ってた色男のマルタン司教はさらにゴーギャン嫌いになっちゃって…「あの画家は梅毒だ、梅毒だ。彼と寝ると女はみんな神の罰が当たる、病死するぞ」とウソの噂を村中に広めてさ」

「え? ゴーギャンは性病があったって中学校の性教育の授業で教わったよ。「それを教訓にして、気を付けてね」と男女ともに言われたけど」

「バカバカしい! じゃ、よく聞いて。去年まであの詩人のローランがバンガローを借りてたという、ジャン・ソクール先生、知っているよね。その先生に訊いてごらん。彼は本当の歴史を知っとる。二年前、ソクール先生はゴーギャン旧宅の井戸から小瓶に入った虫歯四本を発掘した。そしてタヒチにいるゴーギャンのひ孫にDNA検査を頼んで比較した。九九・九パーセントの確率でゴーギャンの歯だと判った。その後先生はアメリカのシカゴ大学の研究室に歯を送って調べさせた。そしたら、水銀が一切入ってなかったんだよ」

「水銀?」

「梅毒の症状がある人は、当時みな水銀治療を受けてた。ゴーギャンには一流の医者ベルニエ牧師と、ベトナム出身の薬剤師ヴァン＝カム博士が付いていた。もし梅毒だったら水銀を呑ませるに決まってる。そしたら絶対歯に残るって。このシカゴ大学の検査で、ゴーギャンが〝若い娘に性病をまき散らす好色画家だ〟という噂をウソつきのカトリック教会がわざと広めたんだということは科学的に立証されている！」

「叔父さん、落ち着いて。わかった、わかった」

「だって、僕は十五年前、ゴーギャンの最後の娘タヒアティカオマタちゃんから聞いたよ。彼女は子供を五人も産んだけど、一人も梅毒をもって生まれた子はいない。この辺で流行る梅毒はほぼ一〇〇パーセント胎内感染するのに。ということは、彼女のお母さんもゴーギャンからうつされていなかった、となる。それとね、一九〇二年の終わりごろ、彼女の母親ヴァエオホがヘケアニで里帰り出産した際には、ゴーギャンは我が子を見ようと急いでヘケアニまで馬で何時間もかけて来たってよ。腐りかけた右足の痛みに耐えて。ゴーギャンは愛妻家で、いいお父さんだった。だからこそエミール爺ちゃんは彼を慕って、彼から彫刻を教わって、彫刻家になったわけだ。そしてこの僕、不倫の子の僕は爺ちゃんの跡を継いで、一生結婚もしないで彫刻を続けようと思ったんだよ…」

テウイアは「二十世紀」という名のマラソンを走って来たかのような、極度に草臥れた荒い息を吐く。そしてエミール爺ちゃんのフレーム写真が立っている居間のテーブルへ一瞥を投げ、最後の力をふり絞るように言う。

「もう疲れた。帰ってくんないか、ヨナス君。とにかく、コケは悪くない。神父たちが悪いんだ。それ、みんなに言ってくんないか」

ヨナスは慎重に一言を発する。

「はい、テウイア叔父さん。それともうひとつだけ。あの…あの詩のとおり、ヘケアニ湾に洞窟があって、そこにはイルカ女がいるかもしれないって、本当?」

「どこかにいるよ、あの辺。右の方の洞窟かどこか。ヴァエオホちゃんの遠い親戚のような、肌の白いきれいなイルカ女がね…。でも内緒だ。僕はその噂を爺ちゃんからちょっと聞いてただけだ。あの詩人のローランに話しちゃったけど。君には言いたくなかった。気を付けてよ。君だって婚約者がいるんだろう…」

六 〈創生語るパイプオルガンや大ガジュマル〉

真夏の日本海に臨む食堂「いるか」の裏部屋。上越市立水族博物館の方から子供たちの熱狂的な声援がかすかに聴こえて来る。

「にんぎょさーーん、にんぎょさーーーん!」という呼びかけはおそらく、ショー前半の「イルカの部」が終わり、これから目玉となる「人魚の登場」を控えてのものだ。僕はかつて住んでいたマルキーズ諸島から日本の水族館に「人魚」が来たと聞いて、隣県の長野市から家族三人で駆けつけて来たが、観賞を取りやめて一人でヨハンの話を聞くことに決めた。その選択は間違っていなかったと心底から思う。

「テウイアさんか、懐かしいなぁ。元気にしてますか」と訊くと、ヨハンは困惑を隠せない様子だ。

「え…というか、今回のことで、多分彼が一番悩んでると思う。マブソンさん、詩人のローランさんよ、この話を最後まで聞いてくださいね」

「もちろん。じゃ、君もテウイアの、つまりいとこになるんだね」

「そう。僕の場合はさらに年が離れてて…四十五歳違いかな」

「それで、その凄い僻地だという「ヘケアニ」には行ったんですか、ヨナスお兄ちゃんは?」

「行った。ああ、本当に、こうしてマブソンさんとここで会えたのは運命だ。きっとティキの神々の計らいだ。マブソンさん、実はこの労働許可申請書の記入だけじゃなくて、もっと大事なお願いがあります。最後まで僕の話を聞いていただけますね」

*　*

テウイア叔父さんを訪問してから約一週間後の二月二十日金曜日はまた休漁日となった

ため、ヨナスは陸の方からヘケアニ湾に赴くことにした。午前七時、港にある島唯一のガソリンスタンドの前でマグロ船操縦士のルシアン親爺と待ち合わせをしていた。

「ヤー」

「カオハー、ルシアン…これ?」と輝かしい歯並みを見せて笑うヨナスは、隣に駐車してあるボロボロのスズキ小型四駆を指す。

「いやいや、心配すんな。これは二台目さ。古いヤツ、部品ちゃん。君に貸すのはピカピカの方、あっち! 君もいつか車を買ったらな、そうしな。この島では同じ車を二台買った方がいいぞ。そしたら故障してもタヒチから新しい部品が届くのを何か月も待たないで済む。二台目と交換すればいいじゃん…恋人はそうはいかないけどね!」

「なるほどね。でも俺は「島免許」を取ったばっかりで…金もないし、しばらくは馬で我慢するよ」

「あんた、村長の息子だから、タヒチまで行って普通のどこでも使えるちゃんとした免許を取ってると思ってた。島免(しまめん)か! 浜沿いの道路を一回バックで走れれば、だれでも合格しちゃう島免ね。大丈夫かい。ヘケアニの道は大変だぜ」

「大丈夫です。お願い」と頭を下げながら、ヨナスは熱帯魚の絵柄の五千パシフィック・フラン札を差し出す。

「要らねえよ、そんなの」とルシアンはお札から逃げるようにして、ヨナスが左手に提げているビニール袋から小バナナ三個を盗む。

「じゃあなぁ、ピカピカちゃんはスタンドの裏に停めてあるから。キーはボードに置いてる。ガソリンは先に満タンに入れてくれ。次の貨物船までに石油がすぐ終わっちゃいそうってスタンドで言ってたよ」

「ありがとうございます」

ヨナスはまず、「人魚島」の喉辺りの海岸沿い道路を上り、鎖骨にあたる空港の滑走路を横に走り続け、そのまま胸の谷間に入り込む。島の横腹となる高原を三十分ほど横断し、交差点に着く。巨木の列の奥に、ハリウッド映画に出てくる恐竜公園を思わせるようなギザギザの山稜が靄の間に顔を出す。めまいがするほどの無音。左は島の背であるハナヤパ、中央は尻となるハナパアオア、右は聖なるプアマウ湾。よく見ないと判らないが、右後ろに伸びるような未舗装の道がある。これこそが島の臍にたどり着く細道なのだ。ジャングルを分け入って臍まで下るには、でこぼこの急斜面を四十分ほど走らなければならない。手でハンドルを回したり、足でペダルを巧く踏んだりというより、とにかく全身でバランスをとりながら、コブに続くコブをなるべく外側に回り、プロスキーヤーのように遠心力と闘い続けるのだ。三十分も経てば腹筋が痛くなり始める。

ついにヘケアニ湾を遥かに望む、赤マンゴーの香れる丘に着く。炎天下で「大回転」をゴールした気分である。テウイア叔父さんによれば、この辺りにヘケアニ地域の最後の住民であるテトゥアヘアニという遠い親戚が住んでいるはずだ。たしかに、マンゴーの老木の間からは二匹の犬の遠吠えが漏れてくる。エンジンを止めて辺りを見渡す。禿げ頭から足までタトゥーをまとっている五十代の大男が、パンツ一丁で走って来る。マルキーズ語で何かを叫ぶ。

「ぺーへア・オエ？（どこへ行くの？）」

彼の胸板は血だらけである。血液がタトゥーの幾何学的模様の上を流れたり、隠したりしている。しかし満面の笑顔だ。

ヨナスも遠くからマルキーズ語で叫び返す。

「カオハー。ヘケアニの方へ行きます。私の名前はヨナスです。テウイア・フレボーが私のいとこです」

マルキーズ語は不思議な言語だ。主語が「私」の場合は、省略して言外にほのめかすという謙虚な表現法が一般的である（そこまでは日本語と似ている）。しかしどうしても「私」だと述べなければならない時は、「私」を文の一番最後のところに置く。つまり「行く、ヘケアニへ、私は（Hee ite hekeani au）」となる。一方、主語が「私たち」だった場合は、逆にそれを強調して必ず冒頭に述べる。「共同体」を重視する島国ならではの発想だろうが、「私たち」という単語はくどいほどよく耳にする。そしてなんと「私たち」の表現の仕方は四つもある。話し相手を含む「私たち」、話し相手を含まない「私たち」、二人だけの場合の「私たち」、さらにそこに話し相手を含むか・含まないかでまた異なる。そして不思議なことに、マルキーズ語には「持つ」という動詞が存在しない。「私は車を持っています」とは言えない。この場合「これは私の車です」と言うしかないのだが、その「の」の意味もまた他のあらゆる言語の「の」とは大きく異なる。所有格の「の」には二種類あり〝永久的に持っているもの〟と〝一時的に持っているもの〟に分かれる。自分の身体と魂（マナ）にくっ付いているもの以外は、すべてが「一時的所有」となってしまう。例えば先程のヨナスの返答の中の「私の名前」「私のいとこ」、あるいは他の例をいえば、「私のタトゥー」は「永久的」でよいので「toù［トウ］（ずっと私の）」を使う。しかし「私の車」「私の妻」などとなれば、「所有権」がいつでも変わるかもしれないという考えに基づいて「taù［タウ］（今だけ、私の）」となる。結局マルキーズ語で話していると、他人の妻・夫や車を盗（と）っても、または自分のそれらを盗られても、大した問題にはならない。ひいては人からものをもらっても、「ありがとう」と言わなくてもよい。「ありがとう」という言葉すら存在しない。結論からいえば、ポリネシア語族の中でも最古の特徴を残しているマルキーズ語を話していれば、おのずと「資本主義」も「亭主関白」も不可能になる。今や話者わずか九千人の言語になってしまったが、その文法と語彙には「資本主義」を超越するための思考回路・世界観が潜められているのである。

「カオハー、私の名はテトゥアヘアニです」と、おそらく何週間も人間に会っていない大男は、大喜びでその血だらけの手をヨナスへ差し出す。

「ヨ、ヨナスです。えっと、いとこであるテウイア・フレボーから聞いたけど、テトゥアヘアニさんはつまり、このヘケアニ地域の最後の住民なんですね」

「まあ、そうさ、多分。今朝ちょうど裏山で子猪（こじし）を見つけてなぁ、いま捌いている最中だ。一緒に焼いて食べよう」

ヨナスはようやく血痕の意味を理解して少し安心する。マンゴーの大樹をくぐると、それは立派な邸宅というか、いずれはそうなるであろう工事中の巨大な木造建築物がそびえ立っている。ソーラーパネルが五つと、小さな発電用風車もある。庭の焚き火の横で二匹の大型犬が、テーブル上の子猪の死体へ首を伸ばして待っている。テトゥアヘアニさんは案外、よくしゃべる人だ。一旦お湯にしばらく入れた子猪の身体に残った毛をナイフで削いでいるのだと、嬉しそうに説明する。猪の白い肌にところどころ黒い毛がタトゥー模様のように残っている。捌いている人間と、捌かれている動物が同じ笑顔をしている。

「僕、もともとはタヒチのポリネシア大学で工学を学んでるから、そういう発電用風車とか、いろんな工事が得意でね。これだけあると、一人住まいなのにもう電気が余ってしょうがないんだ！　二か月にいっぺんぐらい馬でアツオナまで行くけど、そこで公務員をやってる妻と会ったり、子供にちょっと会ったりするだけで、町にはすぐ飽きる。最近は買い物もしないで帰って来る。ここが先祖の地だからね、僕が守らなきゃ。君の叔父さん、いや、いとこかね、いい彫刻家だよ。昔よくここまで彫刻のための石とか木の幹を採りに来てた。最近あんま来てくんないけど」と、初めて会った瞬間から続いている笑顔をずっと崩さないテトゥアヘアニ。無造作に斧で子猪の首を一気に斬る。まだ笑顔だ。

「俺、もう朝ごはん食べたし。下の廃村まで見に行こうと思って…」とヨナスは遠慮する。

「無理だよ。君ひとりじゃ迷うぜ。僕が案内する。犬に内臓をあげたらすぐ一緒に行くから。水一リットルぐらいあるな？　一時間ぐらい歩く」

「あの、俺、一人で見たいんだ。あそこ、祖父エミール・フレボーの墓があって」

「そっか、君もその孫かい？　いいよ、着いたら僕はすぐ引き返すから。ゆっくりお参りしてきて」と言いつつ、テトゥアヘアニの目は一瞬だけ笑っていなかった。

少し歩いたところに、有刺鉄線で閉じられた木材のフェンスがある。鉄線をほぐして戸を開けた瞬間、テトゥアヘアニの顔から今まで絶えなかった笑みが突如消える。先頭に立って、足速に斜面を下り始める。パンの木、黒檀の木、紫檀の木、モモタマナの木、ネムの木など、大きな樹木の前を通るたび、テトゥアヘアニはマルキーズ語で「〇〇の木様、お許しください」と小声で唱えて、また急いでジャングルに分け入る。さっきまであれだけ社交的で明るかった人間から、なぜか葬儀に向かっているかのような不気味さが漂っている。五十分ほど歩いたところで、古代の住居跡や、その基礎たる石造りのテラス「パエパエ」などが地面に散在するようになる。巨石とその上に茂った巨木が、持ちつ持たれつの状態で立ちはだかっている。ヨナスは額の汗を拭きながら尋ねる。

「その、木にお許しくださいって、どうしてですか」

テトゥアヘアニは株と株の間に横たわる岩を指して言う。

「ちょっと腰かけて、話そう」

「はい」

「ヘケアニにはね、フランス人たちが来るまでは、八千人も住んでいた。隣のハナウペだって六千人、さらに奥にある「秘密の入り江」には、癩病（らいびょう）（ハンセン病）を患った人々の村もあった。癩の村については一旦行けば戻れないから、人口が何千人だったのかはだれも知らない。けれど、とにかくこの小さな谷だけで、全部で二万人以上は住んでいたということ。今のマルキーズ諸島の全人口の倍以上が、ここで幸せに暮らしていた。しかし、一九六五年六月をもって、ここは廃村となってしまった。というか、今は人口が一人。僕だけ」

ヨナスは思う。テトゥアヘアニはただの世捨て人ではない。実に博学で、深い信念をもっていそうな男だと。ヨナスは敬意をもって、小声で質問する。

「どうしてですか、テトゥアヘアニさん」

「みんなが言うように、交通の便などの問題ではない。ヘケアニが滅びたのは…。この谷は何だってある。湧き水、果物、魚、猪も…。楽園なんだ。でも滅びちゃったんだよ。あれのせいで…」

テトゥアヘアニは谷の底を指す。葉隠れに一軒だけ、半壊したコンクリートの建物がある。

「あれが昔の教会。一八六一年、まずはフランス人たちが石で建てて、というか僕らマルキーズ人に無理矢理に作らせて。そのあと一九五〇年代にはコンクリートで建て直したけど。その教会の前の門に神父たちは女性の下着を垂らしてさ、ヘケアニの長老や聖職者全員をその下へ通らせてたんだよ。嗤いながら。フランス人っていつも嗤う、憎たらしいほどよく嗤うって爺ちゃんは言ってた」

ヨナスは先生を仰ぐようにして訊く。

「なぜですか」

「ヨナス君は知らないのか？　マルキーズ人にとっては、昔は頭の上、特に聖職者の頭の上は神聖（タプー）だ。女性の下着を聖職者の頭上に垂らすなんて、そんなことしたらティキの魂（マナ）が憤り、大変な罰が当たると皆が信じてた。それで神父たちは大笑いをしながら「ほら、何も起きてないだろう」と僕らの聖職者を哂ったりして…」

「それで？」

「それでヘケアニの長老や聖職者たちはその侮辱に耐えられなくて、夜がくると一人ずつ、この木に、あの木に、と首を吊ったんだ。その百年の間に部族長(ハカイキ)を含めて自殺した聖職者は数百人にのぼる」

「ふ、普通は、村の奥にガジュマルの老木があって、そこにはティキがあって、聖職者だけが安全に暮らせる場所があると聞いてるけど…」

「いや、ヘケアニの場合はティキが木造だったから、まずは神父たちに全部燃やされたんだよ。そのティキを包むタパ（ガジュマルの繊維でできた神聖な布）も燃やされてしまって、どの儀式も出来なくなった。たしかに昔は僕らにも残酷な儀式はあったよ。凶作の時とか隣の部族との紛争が起きた時とかには、そのタパの布に人体を包んで人身供儀をときどき行ったのは事実だ。タパには太古からの生贄たちの魂(マナ)が蓄積されていると信じられていたから。だから、だれかが病気の時、若者が初めてタトゥーを彫ってもらう時などは、必ずティキを包んでいたタパをその人の肌に当てていた…」

ヨナスは初めて歴史と現実が繫がっていることを実感し、思わず熱い気持ちになり、話をさえぎる。

「わかる。中学校でソクール先生も言ってた。マルキーズだけじゃなくて、昔は世界中いたるところで人間を生贄にするという習慣があったと」

「そう。ヨナス君、どこでもだよ。そもそも人類の歴史の九十九パーセントなんて、自由な漂泊だ。遊牧民(ノマド)だ。しかしある日、なぜか人間は定住生活を送ろうとして、すべてが厄介になる。最初は特に、慣れない人口密度が原因でストレスや伝染病が増えて、定期的に生贄の儀式で鬱憤(うっぷん)くらい晴らしたくなるって。五千年前のヨーロッパ人もやってた。ただ、僕らポリネシア人は最近まで漂泊者だったから、いわゆる新石器時代の初期によく見る「生贄」という儀式をいまだにやっていたんだ。たまにはね。それだけの話だ」

「テトゥアヘアニさんは歴史の先生みたい」

「いや、大学では工学部だったけど、人類学の講義が一番面白くてなぁ」

「人類学?」

「そう、人類学。面白いよ。ほら、この石をよく見て。少し壊れてるけど、男根と睾丸二個の形でしょう? これはパンの木の実をつぶすための乳棒に昔使われたものだ。ポリネシアは鉄の鉱山がなかったため、欧米人が来るまでこういう道具のすべてを硬い石で柔らかい石を削って作っていたんだ。凄いだろう。つまり僕らはつい二百年前まで、まだ新石器時代だったんだよ。美しい曲線でしょ。この石の乳棒を作るには何百時間もかかるんだ。これをパリの骨董屋に売ってごらん。ベンツの新車が買えるぐらいのカネになるよ。まあそれはいいとして、僕は大学で分かったんだ。僕らは自分たちの文化を恥じるのをやめて、一番自然に近い生き方を、そういう文化を、まだもっているのだと誇りに思わなきゃ、と人類学の授業で分かったんだ」

「それでここに住もうと?」

「そう。この木々に首を吊った先祖様の霊（マナ）を、自分の肝に銘じたい。彼らからそのマナの力をもらいたい。このパトゥティキ（*タトゥーのこと）、見て」

テトゥアヘアニは自分のつるつる頭の天辺を指す。

「それは一番強いマナの模様ですよね」

「そのとおり。昔燃やされたヘケアニのティキの目の模様だ」

とつぜん、海の方から突風が吹いて来る。

「フランス人の神父たちがパトゥティキを禁止したのは、僕らにとって一番致命的だった。君はまだ左腕と右脚にしか彫ってないね」

「来月、右腕もやる」

「じゃ、もし今あるパトゥティキを全部消されたら、君はどういう気持ち?」

「…裸になった感じ、かな。自分の過去が消えたみたいに」

「そう、そのとおり。神父たちがパトゥティキを禁止したのは、つまりマルキーズ人全員を真っ裸にするようなものだ。惨めな気持ちになるだろう」

「そうですね」

「パトゥティキの模様には、ティキのマナが宿っている。人（エナタ）それぞれ人生経験が増えれば、それと同時にマナも増える。そしてパトゥティキも増える。それぞれに相応しい模様を昔は聖職者の彫り師が決めていた。君は今度、右腕に何を彫る？」

「海の生き物かな」

「ん…まあ、覚えてて。僕らマルキーズ人は、欧米人が持って来た病気のせいで、人口が百万人から一時は二千人弱まで減ってしまい、そのためにわれわれの文化も言葉も滅びそうになったと中学校の授業で教わったんだろうが、僕は大学でさらに大事なことを教わった。そのころのマルキーズ人は肌にティキの模様を彫ることができなくなったからこそ自分の生命力（マナ）を信じられなくなって、みんなが死のうと思った、ということだ。たしかにその百年のあいだ、マルキーズ人の六割は肺結核で死んだ。欧米人が感染源だった。二千年間孤立していたマルキーズ人には免疫がなかった。そのとおりだ。あるいは一八六六年、数週間のあいだに天然痘のせいでマルキーズ人の全人口は一万二千人から六千人まで半減した。これもそのとおりだ。われわれには免疫がなかった。でもね、何より一番大事なのは、心の免疫だ。最も多くのマルキーズ人を殺したのは、心の問題だ。ティキを肌に彫ることもできなくなって、先祖様のマナと繋がることができなくなって、みんな死にたくなったんだ。健康でも、それじゃ生きる意味がないでしょ。そうなれば欧米人からもらった銃やお酒で暴れるか、静かに首を吊るか、どちらかしかないだろう」

「生きる意味ね…」

「君だって、ね、ヨナス君。なぜさっき海の生き物の模様を彫りたいと言ったか、僕には分かるよ。君は祖父の墓参りに来たんじゃない。エミールの孫じゃないもん。君は、イルカ女に恋をしてるだろう」

テトゥアヘアニの両眼に、凄まじい力（マナ）が宿っている。

「な、なんでわかるんですか？」

「ヨナス君、浜辺の右の方まで降りて、昼寝するフリでいいから、海沿いで潮が引くまでじっと目を閉じてて。君のマナは強いから、大丈夫だよ。彼女は来る。でも、君が今後幸せな一生を送れるかはわからないよ」

テトゥアヘアニは憐れむような笑顔でヨナスを凝視する。長身の男二人は長い沈黙を分かち合う。数秒後だろうか、数分後だろうか、ヘケアニの仙人は何も言わずにおもむろに静かな物腰で背中を向けて、再び斜面を登り、庵の道をたどって行く。ヨナスはせいぜいやっとのことで「Merci（ありがとう）」と口にしようとするが、マルキーズ語にはそんな言葉は無い。黙って父親を見送るような心境で、木々の下の日の斑（ふ）が踊る、テトゥアヘアニの背中のパトゥティキをしばし見つめるのであった。

七　〈泳ぐ娘（こ）のタトゥーの模様波の模様〉

二〇〇五年二月二十日は新月。すなわち満月と並んで月の引力が最も強い日であり、大潮となる。ヨナスはヘケアニの谷底の涸れた河床をたどってジャングルを抜けると、葉隠れに黒い礫浜を発見する。浜は河口の両側に二つの半円を描いていて、かつて性教育の授業で習った「子宮の図」のような象（かたち）だな、と思いを巡らす。さあ、右側の方だと言われた。ヨナスは人類最初の人間、あるいは最後の人間になったような心境で、磯の岩まで西に進む。いわゆる「卵巣」にあたるところに着くと、汗まみれのTシャツ、ズボン、靴を脱いで、胎内のように温かい火山岩の上に身を置く。しばらくは波を見る。無限大から来た船のような波。朝の陽差しを受け、時おり波の上に虹が生まれる。次第に優しさが力となって、波は泡とともに崩れる。純白の泡は憎しみに愛を与えるように、黒砂を舐める。ヨナスは目を閉じる。異様な速さで引く大潮は、ジャリジャリと万（まん）のささやきを重ねている。波音のなかの、無数の音の波が混ざり合う。多弁にして荘厳な波音。ヘケアニの家系図を読み上げるような波音。前（さき）の波の鎮魂歌（レクイエム）のような波音。ヨナスは思う。死ぬところはどこでもよいが、波音があるところなら安らかに死ねそうだ。今ここで、死んでもよいかなと思う。そしてヨナスは、ほんとうに深い眠りに落ちてしまう。

♪Ua hee io te vaa o te tuehine i maìmaì e too ia Tanaoa. Haatata Tanaoa i te kaokao me te haanaunau. Toia haanaunau tìa, me te naò o te vaa o te tuehine. Popoì Tanaoa ma te ìma o te tuehine. Poha te èo o te tuehine : «Umoì òe e too ia ù, a tuu òe ia ù, u hikuīa au nei.» Na te tohe o te tuehine i tuu ai Tanaoa i te ìma me te hee anatu e…

女性の歌声だ。横笛のような、若い声だ。大昔のマルキーズ語の響きがある。
ヨナスは目を開く。波が生まれるところ、数メートル先の渚には、あの時と同じ顔の少女が浮いている。腰から上しか見えないが、いとも簡単そうに、姿勢を崩さないで浮いている。細い腰だが遠くから見ても強そうな腹筋が、ゆるやかに波を打っている。胸は子鳩ほどに小さく、美しい。それも純白の鳩だ。心臓側の乳首を中心に、大きなタトゥーの幾何学的模様が薔薇窓のように乳房全体を覆っている。肌の模様が泡の模様と重なり、波が来るごとに乳房が軽く揺れる。腕は細長く、肩幅は広い。胸より上のほうは一切動かずにまっすぐと立っている、という妙技にヨナスは目を奪われる。顔は〝古風な笑み〟を浮かべているようなもの柔らかな童顔で、最初は髪の毛が無いようにも見えたが実はプラチナブロンドのショートヘアーである。どう考えても、彼女はヨナスを好意的に見ているようだ。少女は再び歌う。

♪タナオア殿はカヌーで女人たちのいるカヌーへ近づく。ああ、女人のカヌーは沈みゆく。沈みゆく。奥様は助けを請う。しかし殿は妻と母と妹を見捨て、女人たちがティキへ祈りを捧げても、カヌーはなおも沈みゆく。ああ、沈みゆく。すると妹は突如嘆きながら変身する。身は半分魚となり、脚はもはや尾となる。タナオア殿は驚いて、遥かに遥かに逃げてゆく…


ヨナスは彼女に逃げられまいと、呆然として口を開けたまま何も言わずに岩に腰掛けて聴き入っている。すると横笛が小鈴に変わったかのような声音で、彼女は普通に話し始める。

「あなた、どうか恐れないで。その節は船からお魚を投げていただき、まことにありがとうございました」

ヨナスの心臓は大太鼓のようにバクバク鳴る。

「お名を、教えていただけます?」

「お、俺? …ヨナス」

ついに唇を動かせた。普通に会話ができるのだ、人魚と。

「ヨナス殿、昔のタナオア殿のように、人魚の姿に驚かないでくださいませ…」

ヨナスは学校で古代マルキーズ語の授業をもっと真剣に聞いておけばよかったと、深く反省する。たしか、「タナオアの伝説」を読まされた覚えがある。その昔話によると、今から一七〇〇年前、ヘケアニの浜辺に住んでいたオア族は、山寄りのアティケア族にいじめられていたという。河が涸れるとオア族はいつも飲み水が不足して、ヘケアニの山奥に住むアティケアの村長(ハカイキ)のところまで水を乞いにあがっていた。すると、こちらも山の湧き水が足りないからと言って、村長はひと瓢箪の水につき赤子一人をよこしてこいと言うのだ。最初はその非道な要求に応じるが、オア族の人口が激減し、ついに女性たちは我が子の引き渡しに反対する。オア族の首長タナオア殿は部族全員と相談する。そして皆で航海カヌーを作り、別の島へ逃げることを決める。実はこのオア族はのちに、はるばる南東四千キロにあるイースター島の最初の住民になったと伝えられている。しかし旅立ちの日にオア族は猛烈な嵐に遭い、仲間の一部を、とりわけ多くの女性と子供をカヌーからヘケアニ沖の海に投げ落とした、とマルキーズ伝統文化の教科書には書かれている。ただし先程の歌詞にあった、捨てられた女性が人魚に変身したというエピソードはどこにも載っていない。単に「捨てられた全員が溺死した」で締めくくられている。

「ヨナス殿、わたしの名は、テアニオトヘエティアといいます」

ヨナスは奇妙な名前だなと、耳を疑う。「Teaniotoheetia」なら、「天の上まで行こうとする、変わった女の子」という意味か。

「わたしは赤ちゃんのころから、海の外の世界を見たいとたびたびねだったりして親を困らせていたので、父はこの風変わりな名前を選んだそうです」と、無垢な笑い声をあげながら勢いよく波の間を跳ねるテアニオトヘエティア。ヨナスの心には、何かが芽生える。

「あの、昔ここから逃げたという、オア族のご子孫ですか」と勇気を出して尋ねると、テアニオトヘエティアは初めて翳りある表情を見せる。

「わたしたちオア族は、捨てられた民なのです。無残なことに、秘密の洞窟の他に住むところはありません。千年、また千年と、常に身を潜めてきたのです。いにしえから隠れて、ヘケアニの人間(エナタ)たちを、今なお恐れて…」

ヨナスは、彼女の、今にも泣きそうな蒼い瞳に呑み込まれる。そして突如、感情に溺れたような大声で申し出る。

「君、逃げられないのか。俺と一緒に、逃げようよ」

テアニオトヘエティアは唖然として、長い沈黙の後、お辞儀をするように身をかがめて波の外に下半身を持ち上げる。膝より下の部分は脚と脚が純白の肌で繋がっていて、脛骨の面影もない。下にいくほど肌が分厚い感じになっていて、まるでイルカのなめらかな粘膜のようだ。足指の名残りは若干見分けられるが、踵と踵がくっついている姿勢で、海洋哺乳類の尻尾とほとんど変わらないところまで次第に進化したように見える。

「この尾、この尻尾をご覧ください、ヨナス殿」と彼女はおののく声で涙する。ヨナスは浅薄な誘いをしたことを反省する。彼の悔いる表情を見て、今度は彼女のほうからいざなう。

「いらっしゃい」

ヨナスはためらう。

「いいの？」

「一緒に泳ぎましょう…」

ヨナスは渚の泡を踏む。テアニオトへエティアへ軽いほほえみを送る。深呼吸して、飛び込む。いつのまにか細くて強靱な腕に抱かれている。曳かれながらスイスイと波の間を滑って航く。

快感だ。無重力だ。彼女と同じイルカ人間になった。なんという心地良さだ。彼女は自分より遥かに背が低く、抱き合ってもその顔が自分の首元に当たったりするほどである。ときどき唇の感触が耳の裏にとどく。「ヨナス殿、細き脚の、わが殿よ」。西の岬の海にまっすぐ落ちる断崖のふもとまで、蛇行しながらともに泳ぎ、愛し合う。

突如、二人の舞は止む。〈永遠（オムア）〉。時が止まる。

イルカ女は小さな顔を男の頑丈な顔に近づける。長い口づけ。ヨナスは息が切れて、固唾を呑む。海底のほうに深紅の洞窟のような穴が見え隠れする。ヨナスとテアニオトへエティアはしばし見つめ合う。

「愛してる」

「わたしも、ヨナス。愛しいヨナスよ」

人魚の目より、水銀のように重い涙がこぼれる。

「お願いがあります。もし、あなたとわたしの子がこのあと生まれたら…ヨナス殿、今日から十二の月が過ぎたころ、今日と同じ十二回目の新月（みそか）の日の朝に、わたしはその可愛い赤ちゃんをこの浜に置きます。あなたのような脚で生まれるか、わたしのような尻尾になるのか、それはまだわかりません。でも、ヨナス、わたしはその子を捨てられた民の洞窟に住ませたくありません。あなたに人間（エナタ）の幸せな世界で育ててほしい…。お願いです、愛しいヨナス」

テアニオトへエティアはほろ苦い笑みを浮かべ、唇を少し震わせ、そのまま真っ白な童顔を水面（みなも）に沈め、艶やかな尾で水脈（みお）を三回打って消えた。これが、放心状態のヨナスがテアニオトへエティアを最後に目にした瞬間である。彼の人生を変える、永遠の瞬間となった。

* *

谷の入り口のフェンスに近づくと、反対側でテトゥアへアニが渋い羅漢顔をしてヨナスを待っていた。

「いた？」と、有刺鉄線を人差指で撫でながら訊く。

ヨナスは何も言えない。

「いたんだねぇ」と、テトゥアヘアニは直感で解る。一歩前に出て、ヨナスを強く抱きしめる。ヨナスにとって何年ぶりだろうか、父親の肩を借りたように泣き潰れるのは。

「ヨナス君、しょうがねえよ。彼女たちはこの世に来れば酷い差別に遭うんだろう、あの尻尾じゃ」

「テトゥアは知ってるの？」

「僕も、君と同じだ。大学を出た二年後だった。ちょうど三十年前かな。たまたまあの辺で昼寝してたら、あの歌に起こされて…」

「抱き合ったの？」

「ん。あれ、一生忘れられないね」と、テトゥアヘアニも〝無重力の表情〟になる。

「そのあと、赤ちゃんは生まれた？　テトゥアさんは？」

「ちょうど十二の月が巡った後、行ったけど、赤ちゃんはいなかった。美しい貝殻に「愛」という意味のパトゥティキの網模様が彫ってあった。それっきり。僕の娘（こ）はトヘティアアトゥアという、これもめずらしい名前だったなぁ。可愛かったぁ」

「俺、来年、必ず来るから」

「じゃ、僕もその日、丘の上から見守ってるかな。でもなぁ、ヨナス。ああいう子を育てるのは覚悟がいると思うんだ。普通の脚に生まれた子でもね。だって、みんなより肌が白くて、女だったらみんなより断然美人だし、羨ましがられるだろう。ほら、ゴーギャンの最後の奥さん、ヴァエオホちゃんだってそうだったたってね。それで画伯は司教に羨ましがられて…」

「テウイアから聞いた」

「ああ、彼はその話になると、熱っぽいよなぁ」

「あの、テトゥアヘアニさんがここに住んでるのは、自分の人魚にまた会いたいからじゃないの？」

「そう…でもない。だって無理だ。何度か昼寝してみたけど、やっぱり来なかった。彼女たちは洞窟の、その人魚の世界の長老たちの目を盗んで、急いで出て来て子を宿そうとするんだから。その後もし生まれたら、赤ちゃんが死んじゃったと洞窟の男たちにウソをついて、必死で我が子を脱出させるんだ。それだけが目的だ。だから余計な深入りはしない方が安全だろうね」

「その洞窟って、本当に行けないの？」

「昔、船であの辺まで行ってみたけど、それも無理だった。多分百メートル以上潜って、下から入らないとダメ。それに入れたとしても、男人魚たちにすぐ殺されるだろう…ね。

それより、君は彼女いる？　普通の人間で？」

「いた」

ヨナスは意図的に過去形を遣う。

「気をつけてね。僕はあの後、そのトヘティアアトゥアちゃんのことが頭から離れなくなって、妻と気まずい関係になってしまって…それであのころから別居生活になったんだ。人魚はね、男の人生を、すべて変えてしまうよ…」

ヨナスは、初めて弱音を吐いたテトゥアヘアニを凝視する。肩を軽くたたく。

「わかる」

ヨナスはその手で有刺鉄線を握って、親指の中央に刺してみる。小さな小さな血のしずくが段々と大きくなっていくのを見つめながら、心のなかで唱える。「テアニオトヘエティア、テアニオトヘエティア、テアニオトヘエティア」。

八　〈椰子の水を飲み干し恋は海の向こう〉

同じ二月二十日。もう正午に近い。炎天下のさびれたヒバオア島ガソリンスタンド。ルシアンとアルベールは近くの波止場の係船柱(ボラード)に腰を掛け、おしゃべりをしながら缶ビールを舐めている。釣竿二本が足元にある。ヨナスはすぐそこに泥まみれの小型四駆を停める。

「ただいま」

「おお、ヨナス、一緒に飲もうぜ」と、ルシアンは魚臭いクーラーボックスから缶を出そうとする。

「いやいや、まだ昼だし」

「これ、ビールじゃねえよ。青いコーラだ。な、アルベール」

ルシアンのいつもの冗談。島では二種類のビールしか手に入らない。タヒチ産のヒナノビール（HINANO）と、オランダ産のハイネケン。それぞれの缶の色にちなんで、前者を「青いコーラ」、後者を「緑のコーラ」と呼ぶ。

「これからプリちゃんのベッドまで走って、一緒に昼寝をするだけだろう。ちょい飲みしようぜ」と勧められ、ヨナスは一層困った顔をする。

「ルシアン、お願いがある。ルシアンのお家はたしかアツオナの谷の奥、古い墓地の近くだね」

「そう」

「明日の朝、その墓地前にあるテウイア・フレボーの家から俺を車に乗せてくれない？港まで」

ルシアンは真剣な表情になる。

「いいけど。ウチはすぐ近くだ。なに、今晩プリシリアんとこじゃなくてテウイアんとこで寝るの？」

「ん。またいつか説明する」

「オッケー。じゃあ、朝の二時半な」

ヨナスは仕事仲間二人と拳(グー)タッチを交わし、車の助手席からリュックサックを取り出して、スタンドの方へ歩く。ぼろぼろのアナログ給油機を過ぎると、カーバッテリーとオイル缶の間にサンドウィッチが販売されている棚がある。「マグロマヨネーズサンド、二〇〇フラン（約二百円）」。あと一個だった。金色の大きなコインを二枚、太った係員のおばちゃんに渡す。長いバゲットサンドを食べながら家路を急ぐ。中身は自分が昨日釣ったマグロの、腹の旨いところだなと思いながら。そしてプリシリアにどのように別れを告げようか、と考えながら。

この山腹のでこぼこ道は、早朝だといつも星と月しか見えない。今は昼過ぎの時刻。久々におとぎの世界の洞窟から人の世の現実に戻されたような眩しさがある。道の両端からあまたの果樹が次々と香りを放ってくる。みな、だれの木でもない。自然に実がなったものを、だれでも自由に採ってよい。ヨナスは真珠ほどの小さなライムを一個摘んで、親指の爪で皮を刻み、匂いを愉しむ。少し癒される。全力で海までライムを投げる。プリシリアはきっと号泣するだろう、と思う。その先の道が曲がるところに、赤子の心臓ほどの小さなマンゴーがたくさん落ちている。ヨナスは汗をかき始める。道の真ん中に鮮やかな雄鶏の死体がひとつ、金蝿に覆われている。マルキーズでは島中に半野生のニワトリが生息している。この一羽はきっと、マンゴーをついばんでいる最中車に轢かれたのだろう。もう少し登れば、登山トレイルに入る。木々は崖にこぼれ落ちそうになりながら下に向かって伸びている。テトゥアヘアニの言葉を思い出す。「木よ、お許しください」。プリシリアは大丈夫かな、自殺なんかするような気弱な女じゃないよな、と心のなかで自分を納得させる。別のニワトリがヨナスを見て驚き、酸っぱい鳴き声をあげながらライムの木によじ登る。少し上の方には己が実の重さに耐えられなくなったグレープフルーツの木が、崖の手前で前傾姿勢になっている。この尾根を越えると、二人が住む小屋への小径だ。派手なブーゲンビリアの藪が、「あたしを触って」と誘っているかのように花びらを震わせている。磁器薔薇（トーチジンジャー）の大輪数本が、「永遠の眠り」というまじないをかけられたかのように、じっと立っている。この花からプリシリアはいつも天然の石鹸やシャンプーとなる液汁を取り出してくれる。彼女はこの島の自然・文化をこよなく愛してくれる文句無しの婚約者だと、ヨナスは改めて思う。さあ、鬼の目のような茶色のパッションフルーツと、赤みを帯びた黄色い竜眼の実が小屋の門の左右を飾っているところまで来た。前庭の方からイランイランとティアレの爽やかな香りが、輪をなすようにそよ風に乗って運ばれて来る。

「おかえり～！　今日はパエパエ君は珍しくいななきを聞かせてくれなかったね～。ねえ、パエパエ君、パパが帰って来たのよ！　モンシェリー」と言って、プリシリアはおかえりのキスをもらおうとするが、ヨナスはそこを素通りする。

「どうしたの、シェリー。気分悪いの？　ヘケアニの親戚にちゃんとガスボンベを届けた？」

ヨナスは「ヘケアニ」という地名を耳にするだけで、またテアニオトヘエティアの笑顔が目裏（まなうら）をよぎる。たしかにプリシリアも美人だ。かつて教科書で見たフェルメール作「真珠の耳飾りの少女」とそっくりで、どちらかといえばテアニオトヘエティアに似たタイプともいえる。可愛らしい童顔と、かろやかな体格。しかし、なぜか全く違う。これが普通の恋人と宿命（ファムファタール）の女の違いなのか、と思いを巡らせる。

「だ、か、ら、ガスボンベを届けると言ってたでしょ？」

「あ、あの」

「まあいいわよ。とにかくわたし今日、環境保護協会の会で大事なことを学んだから、ちょっと話を聞いてくれる？」

「俺も」

「それがね、平均的なフランス人は一年のあいだに十二トンもの二酸化炭素を排出してるって。知ってた？　でね、アメリカ人となると、なんとその倍。それだとね、地球が五個あっても足りないんだってよ」

「地球五個？」

「喩えなの、喩え。で、ヴィヴィアンさんという本土から役場の環境課に派遣されたとっても素敵なおじさんが講師に来てくれてね、すごく勉強になったの。これからそのヴィヴィアンさんはヒバオアの火力発電所をソーラーファームに少しずつ変えていくって。素晴らしい計画でしょ⁉︎」

「はー」

ヨナスはこの前テウイア叔父さんを訪問した後、二個めのソーラーパネルを店で注文するのを忘れていたことにふと気づく。プリシリアはヨナスの顔も見ずに演説を続ける。

「わたしはタヒチ電力とも契約しないで自分でソーラーだけでやってるのよ、とヴィヴィアン先生に言ったら、たいそう褒められてね。それからヨナス、大事な話なんだけど。あのー、よく聞いてね。わたし、やっぱり子供を作るのをやめることにしました」

「やめる?」

「子供をね、一人作るだけで、その世帯では一年につき平均五十八・六トンもの二酸化炭素排出が増えるってよ。こんな不安定な世の中で、あなたは子供を作る自信はある〜?前にも話してたでしょう。ヨナスも子育てが不安って言ってたでしょう」

「あの、プリシリア…」

「なぁによ、モンシェリー」とプリシリアは家庭裁判所長のような利口そうな眼差しで問い返す。

「プリシリア、ごめん。二つ悪い知らせがある」

「はいはい」

「一つめ。ソーラーパネルの注文を忘れた」

「ウ、ウッソでしょー、あれだけ言ったのに！」とギョッとして、彼女の目は竜眼のような赤みを帯びた黄色い目玉に変わる。

「あたし、あたし、もうやっぱりあなたみたいな男とは住めないわ」

「そして、プリちゃん、もう一つ。ごめん。俺…俺たち、別れよう」

「……？」

彼女のマスカラ越しに、ブーゲンビリア色の小さな涙が生まれる。

「わたし、あなたがいないとここには住めないよ～」と数十秒前とは逆の主張を訴える。

「ね、シェリー、さっきのは、あなたみたいな男と住めないと言ったのはウソだよ、ウソだったよ。ね、ヨッ君、ね、愛している。ジュテーム」と彼女は岬の荒波のように感情を爆発させる。

「何？　なんなのよ？　なんなの？　他の女がいるの？」と灼熱して叫ぶプリシリア。

ヨナスは小屋のテラスから群青の海原を遠望する。水平線のようにまっすぐな、フラットなイントネーションで、ついに答える。

「うん。そうなんだ」

九 〈ポリネシアに赤トンボあり原爆忌〉

一九六八年八月二十四日土曜日、午前八時半。フランス領ポリネシア・トゥアモトゥ諸島の東の果て、ムルロア環礁。快晴。そこから七十キロ離れたファンガタウファ環礁が、南の水平線に浮かぶ。白と青のみの、平行線しかない清らかな世界。まるで「天国に一番近い島」というべきか?

テウイア・フレボーは十八歳。兵役のため、生まれ故郷のマルキーズ諸島を初めて離れ、一年間フランス海軍タランチュール工作艦に配属されている。彼は今、ムルロア環礁の浜でファンガタウファ環礁に背を向け、しゃがんだまま両肘で顔を押さえている。特殊防御眼鏡をかけているが、それでもずっと目を閉じているように命令された。隣にいる兵役仲間のガビーに声をかける。

「な、ボタンを押すのは、やっぱドゴール大統領か?」

「いや、本土の「五月革命」のせいで来られなかったみたい。文部大臣に代わったらしい」

「ああ、ドゴールの方が上手に押せそうだけ……」とテウイアがジョークを飛ばそうとした瞬間、目をつぶっていても眩しいほどの強力な閃光が眼球を射す。音はまだない。光に照らされただけなのに、なぜか脚が震えている。テウイアとガビーは立ち上がって振り返る。

こんな美しい巨大花火の炎をきっとだれも見たことはない。

「死の花」はゆっくりと開いていく。

暗号名「カノープス」は、フランス共和国が一九六〇年から一九九六年までに実施した二一〇の核実験のなかで最大規模のものである。二・六メガトン。広島に投下された原爆の一七三倍の破壊力。単純計算すれば、一瞬にして三千万人以上の犠牲者をもたらすことができる「花火」なのだ。

五十秒経ってついに音が聞こえて来る。

次第に増して来る。地球内核から届くような、神々しい轟音。

超低周波で全身が震える。

この瞬間まで、核爆弾を入れるための小さな黄色い気球船のような水素バルーンを高さ五二〇メートルの空中に鎖で固定し、隣島まで起爆電橋線型雷管を繋ぐという大工事を、テウイアを含む下級兵五百人余りが半年がかりでやってきた。一日十五時間、ファンガタウファ環礁のグラウンド・ゼロで、巨大な筏四艇を海底に正確に填めるための鉄鎖などを運んだ。まるで古代エジプトの奴隷のような労働だった。毎日熱中症で倒れる兵士が数十人いて、隣のプレハブ小屋まで搬送されるが、たいていインチキ看護師から瓶コーラを一本もらうだけだ。冷房も冷蔵庫もない休憩室で、消火器からの粉末を瓶に少し吹っ掛けて冷やしてもらう。そして「これでいいだろう。また行け」と命じられる。毎晩、夕飯後には大佐が兵舎食堂に来て同じセリフを吠える。「諸君、フランス共和国が初めて二段階熱核実験を成功させ、世界で五か国目の水爆保有国となるように、尊い仕事に全力を尽くせ。この計画は戦闘地域と同然、隊員の一割まで犠牲者が出ても問題無しと参謀本部から指示を受けている」と。

興奮で充血する大佐の眼が、今日はテウイアの顔に留まる。若き彫刻家は震えながら頭を下げる。なぜか中学校の教科書に載っていた「雷を司るゼウス」の図を思い出す。昨年までヒバオア島で歴史を教えてくれていた恩師を思い出す。（のちにゴーギャン旧宅の井戸を発掘した）ジャン・ソクール先生だった。いい先生だった。フランスがポリネシアで核実験を始めた年、ソクール先生は授業の冒頭でめずらしく激怒し、生徒の前で政治的発言もした。

「みなさん、先週の授業で見たとおり、今、フランスの様々な植民地で独立運動が起きている。例えば裸足のベトナム人民軍はすでにフランス軍を破ることに成功した。そんな時、フランス政府が誇る原爆は何も役に立たなかったでしょう。そもそも日本のヒロシマで一般市民を一瞬にして大量抹殺した、そんな武器なんか、持つのも使うのも人類に対する罪なんだとわしは思う。使えたとしても、それを使った人間には恥しか残らないだろう。人間じゃなくなるよ。原爆は、単にお偉いさんの驕りなのだ。大砲で蚊を狙えば平和が訪れると平気でウソをつく愚かなドゴール大統領のおもちゃなのだ。みな、政治家に騙されないで、自分の頭で考えてね。かつてアインシュタインという天才物理学者が言ったとおりだ。「第三次世界大戦がどのように勃発するかわからないが、その後の第四次世界大戦ではきっと、人類は棒と石で戦う時代に戻っているに違いない」と」。

キノコ雲は標高一万五〇〇〇メートルの成層圏まで達する。
その周りに次第に円い大雲が広がって来る。
いよいよ中心部のキノコは怪獣のように醜く変形し始める。
数十秒後、今度は鉄の匂いがする。
一瞬の熱風が、十八歳のテウイア二等兵の顔面を打つ。

核実験が〝無事に〟終わってすぐのちの昼食後、タランチュール工作艦にボランティア十人を乗せて、グラウンド・ゼロまでコンクリートブロックを拾いに行くように、という命令が下される。大佐は調査用にどうしても必要だと説明し、ダイバー五人の他、二等水兵五人のボランティアを募集するとのこと。挙手する兵士はもちろんだれもいない。テウイアは数日前、「なんでこんな重労働を兵役の僕らにやらせるんだ」と仲良しのガビーに愚痴をもらしたところを少佐に目撃され、休日を減らされたばかりだ。

「お前ら、マルキーズの不良、テウイア・フレボーとガブリエル・ヘイタア。それから隣の三人も。その五人に決まり！」という割れ鐘のような大佐の怒声が巨大鉄板食堂に響く。

タランチュール工作艦は一時間ほどでファンガタウファ環礁の南側の礁門に着く。左手の高さ六十五メートルもあった電波塔は、溶けた粘土のおもちゃのように丸まっていて、もう十メートル程度しかない。水兵五人は簡単な防御服とガスマスクを装着させられているが、それでも焦げた鉄の匂いが鼻を刺す。近づいて来る裾礁（きょしょう）には、以前あった椰子の木も藪も、一本すら残ってない。しかし焼け跡は見えない。ただただ果てしなく純白の泥が数メートルほどの厚みで環礁全体を覆っている。南国の深雪（みゆき）のように。ラグーンの礁門から外海へ、牛乳のような白い液体が吐かれて来る。ところどころ、蠅の群れに似た黒いホコリのような雲が漂う。工作艦は礁門をくぐる。聖書『ヨハネの黙示録』（16：3）「神の怒りを地にぶちまける」その二の「海が死人の血のようになって、海の生き物がみんな死ぬ」である。ラグーンの中は純白の〝珊瑚ペースト〟で満たされているが、その上に何千もの大魚の死体が浮いている。しかも沖合にしか生息しない二メートル以上ある浪人鯵、鱰（マヒマヒ）、黒マグロ、カジキなどが、血まみれで白い液体に浮いている。

　礁湖の中央にあるグラウンド・ゼロ付近に着く。全員の線量計がさっきまでコオロギのように鳴りっぱなしだったのに、測定限度を超えたのか、一斉に鳴り止む。四方に環礁を見渡す。あるはずの滑走路、プレハブ、筏などは跡形もない。白い湖を囲む、白い泥の輪。

「お前が任命された。梯子からブロックをリードする役、お前に決まったよ」と、暑苦しそうな特殊ウエットスーツを着たダイバーから教わる。テウイアは「やっぱりか」と思う。脚を震わせながらデッキから操縦室へ上がる。少佐の指示に従って、新たな防御服、ゴムブーツ防御袋、二重手袋。ヘルメットとマスクには三十五ミリカメラと無線マイク、イヤフォン、胸と腰には線量計二個を面ファスナーでしっかりと取り付ける（これは放射性物質のアルファ線に効いても、ベータ線やガンマ線には何の効果もないが…）。

　操縦室から降りて、ダイバーに船尾クレーンまで案内される。ガビーなど水兵仲間は甲（かん）板（ぱん）の隅から「テウイア坊の受難」を静観している。ダイバーの説明によると、縄の梯子にぶら下がったままクレーンの鉄線で引き上げられる十二トンのブロックをデッキまで運べるように、無線で操縦士に指示を出せばよいとのこと。水中のダイバーたちはすでにフックをブロックに引っ掛けたようだ。彼らにＯＫサインを返す。

水深二十メートルにあったはずのブロックは、予想よりも早く白い液体の中から浮かんで来る。クレーン操縦士はそれを見て、急停止する。その反応でテウイアはバランスを崩し、梯子からブロックの上部まで落ちて、その衝撃で中間フックが外れる。反射的にフックを握ったテウイアは、一気にコンクリートブロックとともに水深十数メートルまで引き込まれる。鼓膜の猛烈な痛みと、体中に不思議な〝熱いしびれ〟を覚える。運良く防御服が風船のように膨らみ、服が外れる直前、テウイアはその空気を一回吸うことができて、減圧症を逃れる。間もなく、生きて浮かび上がる。素っ裸だ。デッキのチーフダイバーは困った表情で神経質に嗤う。他のダイバーはみな黙っている。テウイアは呆然としている。両耳から大量の血が白い海へ流れる。頬骨が重い。再び気味の悪いメタリックな味がする。縄の梯子が下ろされ、テウイアは死魚のようにゆっくりとデッキまで引き上げられる。

その瞬間、青年は確信する。自分の体には、永遠に抜けない悪霊(ぶっしつ)が宿ってしまったということを。

＊　＊

「叔父さん、大丈夫？」

ヨナスは、テーブルにあるテウイアの手の上に自分の手を置く。

テウイアは息をとめて、食卓にあるエミール爺ちゃんの写真へ、不当に殴られた犬のような眼差しを向ける。

「これがフランス共和国のためだ…。で、そのあとすぐにタヒチの海軍病院まで搬送されてね。ホールボディーカウンターとか、いろんな機械にかけられた。フランス一大事な実験台のネズミになったたよ。ちんちんの汁まで出すように言われてさ」

「それで？」

「結果は一切見せてもらえない。軍事機密だって。「線量計レポート」はもらったけど、事故の日の数値はね、〇ミリシーベルトと書いてある。笑っちゃうよね。そりゃそう、ドゴール様、僕の線量計は今もファンガタウファの海の底にあるんだもん」と五十男は声を荒げる。

「叔父さん、大丈夫か」

「大丈夫なわけねえだろ！…ごめん、ごめん。で、海軍病院でひとつだけ医者に言われたことがある。それを今日、ヨナス君に言いたい。なんだと思う？」

「分かりません。言って、叔父さん」

「こう言われたんだ。「テウイア・フレボー、ここだけの話、君はもう子供を作らない方がいいと思いますよ。モンスターがお好きだったら別だけど」と。それだけ」

「そ、それで叔父さんは結婚しなかったのか」

「知らねえ…でもなぁ、ヨナス君、君は僕と一緒にこのぼろい家でも住みに来てくれて嬉しいよ。息子みたいだ。それと何より、来年の二月、可愛い人魚の赤ちゃんも連れて来てくれるかもしんないしね…」

ヨナスは貰い泣きをしないように、ダイニングルームの反対側へ顔を向ける。十字架の横には、兵役仲間・ガビーの若かりしころの写真が壁にかかっている。いい笑顔だ。下に青い手書き文字で記されている。「わが友ガビー、享年三十二歳、急性白血病」。

十 〈子は父を父は神父を神父は海を見る〉

「ああ、そうだったのか。テウイアさんは被爆されていたのか…」と、僕はヒバオア島の旧友のダイニングルームを思い起こす。ヨハンは食堂「いるか」の窓から日本海の水平線を、井戸の底を覗き込むようにして見つめている。柏崎刈羽原発の方から白雨（はくう）が近づいて来る模様だ。

「ヨハン君、実は僕も反核・反原発なんだ。十年前の二〇一一年の、あのフクシマの事故が起きたからそうなったんだけど。もともとはデモに参加したこともなかったけど、なぜか外国人の僕が中心になって、長野市で反原発の金曜デモを始めることになった。日本人は恥ずかしくてなかなかやってくんないからね…。それから妻と貯金をくずしてベクレルモニターも買って、毎週デモの前の金曜日、街の公民館で食品の無料測定会を開くようになった。小さい子がいる家族がみんな集まって、やりがいがあったなぁ…ただそのせいで市役所に嫌われてね、いろんな嫌がらせを受けたりして…」

見るとヨハンは僕の話をまったく聞いていない様子だ。僕はそれでも旧友の被爆体験談に触発されて、反核信条を熱く説き続ける。

「ね、ヨハン君、知ってる？　原発というのはね、安全上も、廃棄物処理を含めた経理上も、そもそも成り立たない。僕らの血税から原発マネーをばら撒いて、長引かせているだけなんだよ。だって本当の目的は、いずれは核兵器を作るための潜在的軍事力にあるからね。そう思わない？　ね？」と詰め寄るが、ヨハンは死魚のように口と目を大きく開いたまま、道路側へ耳をそばだてている。再び「人魚ショー」のほうから子供たちの叫び声が聴こえて来る。

「ネイラちゃーん、ネイラちゃーん！」

ヨハンは怒りと脱力感を合わせたような、やるせない表情で僕を仰ぐ。

「マブソンさん、僕の話を最後まで聞いてくれるよね」

「はい、もちろん、ヨハン。あのー、あの「ネイラちゃん」って、もしかするとあの人魚の赤ちゃんの名前ですか」

「はい、そうなんです」

＊　＊

ヒバオア島、二〇一一年九月。

六十過ぎになったテウイアは、注意しながらネイラを乗せた車いすを押している。アツオナ村の墓地から聖アンナ小学校まで下る道路には舗道がない。「テウイア爺ちゃん」は誰もいない道路の真ん中で、慎重に車いすを押している。時おり幼女の長い項(うなじ)から垂れる金髪の三つ編みをまっすぐに直したりする。金髪というより、プラチナブロンドと青銅色がちょうど半々に織り混ざったような髪が、不思議な金銀(きんぎん)糸(し)の天然刺繍のように輝いている。

「お爺ちゃん、押さないでもいいよ。わたし、自分で走らせることができるから」と言うネイラの声は、五歳にしても響きが幼すぎる一方、五歳にしては文法が正しすぎる、そんな印象がある。丸くて広い額(ひたい)の下、月の欠片のような長い眉。コバルトブルーと黄金が溶け合ったような緑色の大きな目。肌は牛乳多めのミルクティーの色合いと質感。佇まいには古びた車いすが玉座に見えるほどの気品が漂う。テウイアは今も、いとこの娘と初めて対面した時のことをたびたび回想する。五年前の二月九日、ヘケアニの浜で生後三か月のネイラを発見した瞬間から、彼は彼女の緑眼に心を奪われてきた。あの日は紛れもなく、「テウイア爺ちゃん」の一生のなかで最も幸せな日となったといえる。四十年前の核実験の事故が、最も不幸な日だったと言えるように。自分の人生のすべてを、その二つの日付に省略できると考えることもある。

あの二〇〇六年二月九日、朝の八時過ぎ、いとこのヨナスとテウイアとヘケアニの丘に住む仙人・テトゥアヘアニが、海の方へと斜面を降り始めた。緊張のあまり、男三人は一言も交わさなかった。突如、先頭を歩くヨナスが「テウイアー！」と声を震わせた時の響きは、一生耳に残る。崇高な喜びと神を祈る気持ちが滲んでいた。プリシリアと別れてまでして一年間孤独に待っていたいとこの不安と苦難を、同居者のテウイアはだれよりも知っていた。赤ちゃんを抱く前に、男三人は抱き合った。そして野生動物に近づくかのように、少しずつ籠に歩み寄った。なぜか赤ちゃんの時からネイラは、同じコバルトブルーと黄金が溶け合ったような色の瞳をしていた。テウイアは内緒で用意していた哺乳瓶をリュックサックから取り出し、「まだ首が据わらないから気を付けてね」と教えながら、初めて父親となったヨナスに飲ませるように言った。ヨナスは水平線を覗き込んだ。母親テアニオトへエティアの面影はどこにもなかった。

「な、名前はどうする？」とテトゥアヘアニは慎重に尋ねた。

ヨナスは即答した。

「ネイラ」

古代マルキーズ語の男女兼用の名前で、「凜然として、毅然として」の意味。人の世に蔓延る差別・偏見・慢心・物欲に負けないでほしいという、ヨナスの腹の底から生まれた命名。日本名でいえば「凜」となるか。テウイアはごくごくとミルクを飲むネイラの足元を隠していた海草を取り払ってみた。女の子だ。母親とそっくりの、小さな尻尾がある。ヨナスはテウイアへ力強い瞳を向け、「大丈夫」と断言するように、大きく点頭（てんとう）するのであった…。


「ネイラ、足ヒレのほうは大丈夫か？」

「はい、お爺ちゃん。海水いっぱいのタオル、気持ちがいいよ」

家にいる時は「乾燥すると痛い」とネイラが言うので、海水いっぱいのバケツにいつも尻尾を浸したままだ。毎朝ヨナスはルシアンの車に乗せてもらって漁から帰って来ると、必ず沖合で掬ったきれいな水に替えてあげる。

「ね、ネイラ、今日もし校長先生が一年生になってもいいよと言ってくれたら、これからは学校で一日ずっとこれぐらいのタオルだけで大丈夫かな？」

「はい、お爺ちゃん。がんばる」

ネイラの顔はこれほど細いのに、これほど大きな笑みがどのようにして顔面に収まるのかと目を疑うほどの笑顔を咲かせている。

この火山島のかつて火口があったところには、純白のアツオナ聖母教会がそびえ、その横には二世紀近くの歴史を誇る「聖アンナ小中学校」の正門が建つ。ポール・ゴーギャンの最後の妻となったヴァエオホも、この校舎に通っていたという。常夏の島ならではの開放感と、フランスらしい美意識があしらわれている。正方形の中庭を囲むおよそ百メートルの三つの白いアーケードがU字型に繋がっていて、だだっ広い芝生を児童たちが裸足で走り回る。高いココヤシの列が校舎の外側を守り、木々はそれぞれのリズムで、時には同じリズムで、海風を受け、ゆるやかに踊っている。

「お爺ちゃん、もう自分で走ってもいいよね?」と弾んだ声で懇請するネイラは、右側の校長室までスイスイと車いすを走らせる。テウイア爺ちゃんはかろうじて追いついて行く。校長秘書に満面の笑顔で案内され、島唯一の冷房機がキンキンに効いている「カジミル・ティオカ校長室」に入る。校長先生はマルキーズ人にしては背が低く、約一七五センチで、小太りで優しそうな、髭もじゃの〝南島のサンタさん〟に見える。右の二の腕に無数の子供の姿が楽しそうに手を繋いでいるタトゥーが彫られている。ただ、ティオカ校長の表情は困惑している様子だ。

「どうぞ、おかけください。あ、ネイラちゃん、ごめんね。ネイラちゃんは椅子は要らないね」

テウイアとネイラは二人で一斉に唱える。

「よろしくお願いいたします」

「それでねぇ、テウイアさん。八月にお会いした時も言ったんだけどね、ネイラちゃんはたしか、十二月生まれですよね」

「はい、二〇〇五年の」

「そうすると、クラスで一番の遅生まれになってしまい、苦労するんですよねぇ。それに幼稚園には行ってないでしょう？」

「この子、障害があるから、幼稚園では設備が不足してると言われて…」

「それでね、もう一年待ってもらってもいいんじゃないかなと思ってますけど…。それまでお家でアルファベットとかを教えてあげれば？」

「カジミル、お願い。この子はとっても勉強好きで、五歳なのにもう本が読めちゃうんですよ。通わせてあげて。お願い」

校長先生は嶮しい表情になり、ネイラの方へ振り向く。

「ネイラちゃん、そうなの、本が好きなの？　例えば、最近どんな本を読んだ？」

ネイラは堂々と答える。

「おととい村立図書館で『ポール・ゴーギャンとプロテスタント思想』という薄い本を借りました。とっても面白かったです」

「ほお、大人の本だね。それで、何が面白かったの、ネイラちゃん？」

「ポール・ゴーギャンがカトリック派のマルタン司教と仲が悪かったことはよく知られ

ていますが、実はそのゴーギャンの家のすぐ隣に住んでいたプロテスタント派の牧師たちとは大の仲良しで、つまりゴーギャン画伯は決してキリスト教を否定していたわけではないと、その本で知りました」

校長先生は二、三秒、唖然として言葉を失う。

「はあ。じゃ、ネイラちゃん…その仲良しだった牧師たちの名前は、分かるかな？」

ネイラは校長先生の家系図が記されている左の二の腕のタトゥーをしばし見てから、明言する。

「はい、フランス本土から来ていたポール・ヴェルニエ牧師と、ハワイ出身のティモ・ティオカ副牧師がゴーギャンの脚と心臓の病気の治療に全力を尽くしていたのです。結局、一九〇三年五月九日、ゴーギャンのお葬式に出席したのは葬儀屋さん四人の他、わたしのテウイア爺ちゃんのまたお爺ちゃんであるエミール・フレボーと、副牧師のティモ・ティオカ、その六人だけでした。あの、ティオカ校長先生にお訊きしてもいいですか？　先生はもしかすると、そのティモ・ティオカ副牧師のお孫さんに当たるのでしょうか…あ、出しゃばったことを言ってほんとうにすみません。わたし、ゴーギャンの作品と生き方が大好きで…」

カジミル校長とテウイアは息を呑んで向き合う。

「テウイア、この子、凄いかも。五歳で俺の家族の歴史まで知っていて！　愚直な漁師とパリから流れて来たアクセサリー職人の間に生まれた子とは思えない！　やー、こんな孤島でも、鳶は鷹を産むことがあるね。だから俺はこの仕事をやってきてよかったと思うんだ。よっし、なんとかする。一年一組、オッケーだよ。来週の月曜日、九月六日八時から始業式に来てね。ネイラちゃん、ご入学おめでとう。今後もよろしく！」

ネイラは窓からココヤシの高木を仰ぐ。その霊感（マナ）を感じとる。「左から三本目の木から実が落ちる」気配がする。直後に、その木から実が落ちる。幸せだ。永遠の瞬間〈オムア〉である。

十一　〈汗一滴ブレル墓石に吸われけり〉

聖アンナ小中学校、二〇二一年三月十三日土曜日。毎年この時期に開かれる「卒業生お見送りバザー」。

フランスでは義務教育が十五歳までとなっている。そのため海外領土の孤島でも、高校一年の終わりまで就学しなければならない。マルキーズの場合は、日本の九州の倍となる広い面積にちらばる諸島の全人口が九千人に過ぎないので、高等学校は一校もない。結局、主な小中学校は特別に高校一年までの授業を行わなければならない。どうしてもそれ以上の学業を志したいという生徒らは、高校二年からは飛行機で四時間もかかるタヒチ島のポール・ゴーギャン高校への編入を目指すしかない。高額の交通費、生活費、寮費が伴う。そんな「タヒチ行きの優等生」たちを支えるために、聖アンナ小中学校では毎年バザーが開催される。家族や職員・教員が作った手料理・手芸品、中古品などを販売する。ヨナスは今年、マルキーズ名物のイセエビを十数尾持って来た。テウイアは黒檀で彫った食器などを寄付した。そしてネイラは、元来の手先の器用さと、テウイアから教わった彫刻の技を生かし、鰭（マヒマヒ）の椎骨で彫った小物「極小ティキ」を二体置かせてもらった。

今日のイベントの目玉は、午後二時から開かれる聖アンナ元カリスマ教師ジャン・ソクール先生の「傘寿祝い特別講演」だ。講堂の客席の一列目に、テウイア、ヨナス、そして車いすのネイラが並んでいる。ネイラはもはや高一の花娘。知的な感じの少女だが、顔はやはり幼く見え、十三、十四歳としか思えない。車いすの背にもたれることなく背筋を伸ばして、大きな緑眼を教壇に向けている。

ソクール先生はゆっくりと演台まで階段を上る。拍手が鳴りやまない。先生は少し照れて、ふさふさの白髪の頭を下げて、一列目のテウイアへちらっと目礼を送る。そしておもむろにマイクに顔を近づける。

いやー、みなさん、懐かしいな。聖アンナを退官してから十五年も経つけど、ここで勤めた四十四年間、ほんとうに幸せだった。今も、こんなことあったな、あんなことあったなぁと思い出さない日はない。ね、一列目のテウィア君。もう、「君(くん)」じゃないのか。君はすでに七十過ぎの立派な彫刻家だね。わしが初めて教壇に立った一九六二年九月十日のこと、覚えているかな。君は十二歳で、わしは二十一だった。君の中二の最初の歴史の授業はたしか…当時、前期のカリキュラムは「第二次世界大戦後の世界」だったな。いきなりヒロシマ原爆のことにふれることになって、お互いに緊張したな。当時はまだ原爆が残酷極まりない武器だと言いづらくてね、いわゆる冷戦最中の世の中だった。一人だけ、わしと同じアルジェリア出身の作家、アルベール・カミュという偉大な小説家が、最初から、原爆投下は人間がするもんじゃないと明言していたけど。

ごめん、ごめん、最初から話が脱線ばっかりして…。もうボケてきたな。今日の演題は……ああ、「わが友ジャック・ブレル」か。はいよ。

とにかく、わしがこの学校に就任したのはね、一九六二年。当時まだフランス領だったアルジェリアの師範学校を出たばかりで、新米ほやほや教員だった。アルジェリアの独立戦争を経験して、フランス軍が拷問などの酷い手法で正当な独立運動家を尋問していることを知って、あんなフランス本土に引き揚げるのはイヤだと思った…。そのころ、フランスで最も人気のあったシャンソン歌手といえば、ジャック・ブレル。わしが師範学校を出る前の年かな、彼の「猿たち」(“Les singes”)という歌をレコードで聴いてね、感銘を受けました。みなさん、最後の一節だけ、聴いてみてください。
えーと、シスター・マリローズ、一枚目のＣＤ、お願いします。

♪

Avant eux, il y avait paix sur terre
Quand pour dix éléphants il n'y avait qu'un militaire
Mais ils sont arrivés et c'est à coups d' bâtons
Que la raison d'État a chassé la raison
Car ils ont inventé le fer à empaler
Et la chambre à gaz, et la chaise électrique
Et la bombe au napalm, et la bombe atomique
Et c'est depuis lors qu'ils sont civilisés
Les singes, les singes, les singes, de mon quartier
Les singes, de mon quartier

Auteur-compositeur : Jacques Brel © Éditions Jacques Brel, Bruxelles, 1961.

彼らが地球中に溢れるまでは、世界は平和だった。

軍人よりも象さんの方が何倍も多かったころは…
しかしある日、彼らはやって来て、棒をもって叩きつけた
これが「社会常識」だの、「国家機密」だの。
やがてその棒は鉄の槍となり
ガス室となり電気椅子となり
ナパーム弾となり、そして原爆となった。
それが「文明の道」だとさ。
ああ、変な猿たち、僕もその街に住んでいる
ああ、変な猿たち、僕もその街に住んでいる
（ジャック・ブレル作「猿たち」＊邦訳は筆者による）

ネイラはふと、ハンカチで目じりを拭く。

みなさん、どうかな。ちょうど六十年前のシャンソンは。歌詞は今の時代でも通じますね、残念ながら…。それでわしはとにかく、フランス文部省に「海外県赴任願書」というのを出してなぁ、たまたまここマルキーズ諸島ヒバオア島・聖アンナ小中学校に決まった。当時、週に一便だけタヒチから六時間もかかる小型飛行機が飛んで

いた。七十年代後半までは電気だってなかったよ。裕福な人だけ庭に石油発電機を置いてた。わしはお金もなかったし、石油が二か月に一度の貨物船で届いてもすぐ品切れになるし、発電機を買わないで電気無しの生活を選んだ。授業が終わると丘の上の古びた教員住宅まで歩いて、毎晩一つしかない石油ランプを点して、アルジェリアから持って来た『カミュ全集』と手回しラジオで聴く歌番組が、わしの唯一の道楽だった！ ラジオでジャック・ブレルの「愛しかない時」とか、「行かないで」「ブルジョワたち」などを聴いて郷愁を癒していた。

しかし、一九六六年の夏、人気絶頂のブレルはいきなり「コンサートをやめる」とラジオで宣言する。その直前、北フランスでのコンサートの際、「老いた人たち」という両親に捧げたシャンソンの歌詞を間違えて、第二節を二回繰り返したことが引退決心のきっかけとなったと言うのだ。「俺は人前で歌い過ぎた。純粋に心を込めて歌えなくなった。歌う機械みたいになっちゃいそうだ。だから、もうやめる。そもそも有名になりたかったわけでもないし。自分のシャンソンがもしかすると人々の心のアスピリンみたいなものになれるかなと思ってやってきただけだ。でも、もう人の前で歌う気持ちにはならない。みなさんにウソをついて、カネだけのためにやりたくもないステージを続けるのはイヤだ。これからは新しい冒険に挑みたい」と。わしがラジオで聞いた時、このブレルさんは子供のような純粋な心を持ち続けられた、偉大な大人だなと深く感動した。

ジャック・ブレルはその後、ミュージカルを作ったり、映画を監督したり、俳優の仕事も見事にこなしたそうだ。彼のシャンソンも、レコードの普及で世界的に売られるようになったらしい。でも、わしはこの島に住んでいてテレビがなかったので、結局最初のレコードの写真でしか彼の顔を見たことはなかった。彼は旅が大好きで、船舶免許も小型飛行機の免許もとっていた。一九七四年の夏、「これが俺の次の冒険だ」と張り切って、ブレルは全長二十メートル近くの大型ヨットを購入し、恋人と二人で故郷ベルギーのアントワープ港を出る。波止場に車を置いたまま、「これからは三年かけて世界を一周する」と記者団に報告する。彼はとにかくマスコミに追いかけられるのが大嫌いで、いわゆる都会の「狂った文明」から恋人とともに逃げたかったのだ。だが、西アフリカ沖のカナリア諸島に着くと、急に胸の強烈な痛みに襲われる。飛行機でベルギーに緊急帰国する。肺がんだ。ブレルはもともとはあがり症で、ステージの前はいつもタバコを五、六箱吸っていた。当時、タバコが肺がんの原因になるとはだれも知らなかった。ただちに左の肺を切除してもらい、術後二週間で、またカナリア諸島に向かう。そのままカリブ海、パナマ運河、マルキーズ諸島を目指して、ジャック・ブレルは南太平洋を航(ゆ)く…。

ジャン・ソクール先生は、演台にあったコップの水を一気飲みして、少年に若返ったような清々しい表情で講演を続ける。

そんなことでね、世界一のシャンソン歌手ジャック・ブレルは恋人と共に、一九七五年十一月十九日の朝、一年半のヨット航海を経てついにここヒバオア島の「裏切りの湾（ベデトレートル）」にたどり着くのだ。そしてテメティウの尖峰を仰ぎ、この島に一目惚れする。タハウク港に停泊し、港からアツオナ村まで歩く。だれも「ジャック・ブレルだ！」なんて驚く人はいない。素朴に生きる人々の、〝普通の笑顔〟があるだけだ。ジャックにとっては、この当たり前の自由な散歩が十五年ぶりとなる。アツオナの郵便局に入り、島で唯一の電話機を使わせてもらうために、所定の書類に「JACQVES BREL」と記名する。係員は「身分証明書をお願いします」と言う。特徴的な〝馬のような細顔〟で世界的に知られているブレルは耳を疑う。「そうか。ここは一応フランスだけど、だれも俺のことを知らないんだ」という驚きと同時に、幸せを味わう。スリムで長身な中米出身の女優で恋人のマドリーのほうに振り向く。「ドゥドゥちゃん、ヨットを売って、ここに住もうよ」と、たったの一言で決める。

みなさん、どうですか。凄い決断力だね。実はその時、わしはちょうどそのうしろに立っていた。郵便局でね。わしは三十五歳、ジャック・ブレルは四十五。最初は、変なおじさんだ、よくこんな美人と一緒にいるなぁと羨ましく思った！　すると、係員が「じゃっく・ぶれーると読むんですか？」と尋ねた途端、わしの心臓がドキドキしてな。でもそこで「ブレル先生、お歌をよく存じてますよ」などと余計なことを言ったら絶対に嫌われると思って、「カオハー、手伝おうか？」と軽い調子で訊いた。彼はやっぱり歌手なだけのことはあるというような、快い声で答えた。

「うん、ありがとう。でも大丈夫みたい…。俺、ジャックといいます。こちらはマドリー。あの、ヒバオアにお住まいですか。ここってほんとうに美しい島ですね」

「はい、ジャンです。この村の中学校で歴史を教えてる。そういえば、学校のすぐ上だったら今ちょうどいい貸家があいてるよ」と勧めると大変喜ばれ、二人で意気投合し、一緒に家を見に行く約束をした。

みなさん、もう眠くなったかな。このソクール爺ちゃんの思い出話はもう飽きたのかな？　それじゃ、シスター・マリローズ、二枚目のCDお願いします。

これはジャックがそのあと間もなく作った、彼の最後のシャンソンとなったこの島への愛の告白、「遥かなるマルキーズ諸島」（“Les Marquises”）です。

♪

Ils parlent de la mort　Comme tu parles d'un fruit

Ils regardent la mer　Comme tu regardes un puits
Les femmes sont lascives,　Au soleil redouté
Et s'il n'y a pas d'hiver,　Cela n'est pas l'été
La pluie est traversière,　Elle bat de grain en grain
Quelques vieux chevaux blancs　Qui fredonnent Gauguin
Et par manque de brise,　Le temps s'immobilise
Aux Marquises

Du soir montent des feux　Et des points de silence
Qui vont s'élargissant,　Et la lune s'avance
Et la mer se déchire,　Infiniment brisée
Par des rochers qui prirent　Des prénoms affolés
Et puis plus loin des chiens,　Des chants de repentance
Et quelques pas de deux,　Et quelques pas de danse
Et la nuit est soumise　Et l'alizé se brise
Aux Marquises

Le rire est dans le cœur,　Le mot dans le regard
Le coeur est voyageur,　L'avenir est au hasard
Et passent des cocotiers,　Qui écrivent des chants d'amour
Que les sœurs d'alentour　Ignorent d'ignorer
Les pirogues s'en vont,　Les pirogues s'en viennent
Et mes souvenirs deviennent　Ce que les vieux en font
Veux-tu que je te dise,　Gémir n'est pas de mise
Aux Marquises

君が果物の話でもするように
そこでは死の話をする
君が井戸を覗くように
人々は海を見つめる
女たちは陽射しを避け
なまめかしく佇む
冬がないからといって

夏であるわけでもない
横笛から吹き出たような
小雨がパラパラと過ぎて行く
白い老馬たちを濡らす
馬はゴーギャンの名をハミングする
そして、そよ風がやみ
そして、時がとまる
マルキーズ

夕暮れ、ところどころ焚き火の煙が
天高く登る
点々と無音が広がっていく
すると、月は近づいて来る
荒海はすぐそこで
永遠に暴れて、轟く、轟く
怪しき名のついた巌に
荒海は砕かれて、砕かれて

遠くには犬の
悔悛の声か
人間ふたりの
恋の踊りか
もう闇に身を委ねよう
貿易風(アリゼ)はやんだ
マルキーズ

心に笑顔をひそめ
眼差しに言葉をひそめ
いつまでも旅人でいよう
未来は行きあたりばったり
ほら、恋の唄が
ココヤシの葉を伝い
近くの尼さんたちも
それが聴こえないフリをしない
カヌーはどこかへ往き

また戻って来る
いずれは我が思い出も
長老の昔話となる
ここはつまり
嘆くべからず
マルキーズ
（ジャック・ブレル作「遥かなるマルキーズ諸島」＊邦訳は筆者による）

…まさに、この、この詞のとおりでね、ジャック、あなたの思い出も「長老の昔話」となったなぁ…。

ジャン・ソクール先生は脆いダイヤモンドのように澄んだ一粒の涙を拭く。ネイラももう一度ハンカチで目じりを拭く。

わが友よ、ジャック。その後あなたはここで二年以上過ごしたけど、毎日のように会っていたのに、わしは決して言えなかった。「実は、ジャックのシャンソンを全曲知ってるよ。二十歳のころから、あなたの歌は常に僕に生きる力を与えてくれた」なんて、もしそんなことを口にしたら、ジャックに単なるミーハーな友情だったのかと疑われるのではないかと恐れていた。

ある日ジャックは「飛行機を購ったよ。それでタヒチまで飛べば、いつでもフォアグラを買いに行けるぞ」と子供のように嬉しそうに告げて来た。そして「ジャン、俺にマルキーズの野生の雄鶏の捕まえ方を教えてくれ。俺、フォアグラ詰め雄鶏のレシピが得意なんだ」と言い張る。みなさん、マルキーズ流の捕まえ方、知ってるよね。まずは喧嘩好きの雄鶏を見つけて、毎日おいしいエサをあげて、少しずつ馴らす。そしてその雄鶏の足に紐を付けて山に出かける。自分の縄張りを守ろうと、必ず野生の別の雄鶏が喧嘩を売って来る。すると闘う二羽が絡まって、紐を引っ張ればその野生の雄鶏も一緒に簡単に捕まえられる。ジャックといつもそうやって悪ガキみたいに作戦を練って雄鶏を捕まえて、その羽を一緒にむしり、フォアグラ詰めにして食らった。旨かったなぁ、ジャックの料理は。ある日飼い慣らしてた雄鶏に悲しそうに声をかけて、「お前もな、紐が付いてるんだよな」と憐れんでいるジャックの姿を垣間見た。ジャックはわしには決して言わなかった。がんが再発したということを。山で一緒に遊んでいて彼が息苦しくなると、「お前と十も違うんだから」と痛みを堪えて笑い飛ばしてた。それでも彼は週に二、三回、自分の飛行機で島の病人をタヒチの病院まで連れて行ったり、薬や郵便物を離島まで届けたりしてた。島の子が「歯が痛い」と泣くと、ジャックは迷わず「おい、僕ちゃん、飛行機に乗ってみたいか？ 準備しろ。タヒチの歯医者まで連れてくよ」と。何度もそんな光景を見たよ。ジャックは実は「マルキーズ国際航空」という企業名の申請までしていたと後で知った。彼にはタヒチで年金生活を送っている元パイロットの友達が数人いて、一緒に格安航空会社を立ち上げて、マルキーズの庶民の生活を支えようと密かに計画していたのだ。

しかし、一九七八年七月四日、ジャックはわしに淡々と告げた。「ジャン、やっぱ俺、もう一回手術をした方がいいみたい。あさって一旦タヒチに行って、すぐ本土に帰って、来週また肺を切って来るからね。待っててね。それと、ジャン、お願いがある。俺にもしなにかがあったらさ、俺をゴーギャンの横で眠らせてくれ」と…。ジャックはその三か月後、帰って来ました。それが…棺で。

ソクール先生の顔中の皺が一斉に固まる。老人は固唾を呑んで、震える手でマイクを一回撫でる。ネイラは顔を両手で抱えている。

「み、みなさん。これがわが友ジャック・ブレルとわしの物語だ。ジャックは、わしに人生で一番大事なことを教えてくれた。人間は最後まで、子供のころの夢を追いかけ続けないと人間じゃなくなるよ、ということ。みなさん、くだらない大人の社会の物質的な決まり事、差別、偏見などに囚われないで、生き生きと生きてください。今の自分のほんとうの夢をひたすらに追いかけてください。それがわしの願いで、ジャックの願いでもあったとも思います」

遠くで「裏切りの湾」の波がレチタティーヴォのように歌っている。ジャック・ブレルの墓の方から山颪（やまおろし）が吹いて来る。美しい、空っぽの時間が流れる。数秒遅れて、拍手が平和な爆音のように鳴り響く。「はい、みなさん、質疑応答の時間です」と涙ぐみながらシスターがマイクでつぶやく。ネイラは一番に挙手する。

「ソクール先生。心からありがとうございました。あの世でジャック・ブレルさんは、きっと今日のご講演を聞いて喜ばれたと勝手ながら感じております。そして、わたし、勝手に思いを巡らせたことがあります。もしかするとブレルさんは、ここマルキーズでならもう一度、一度だけでも、十年ぶりにコンサートを開いてもいいと思っていたのではないかという気がしますが…そのへんはいかがでしょうか、先生？」

ジャン・ソクールは、凍っていた顔つきが再び液体になったかのような親し気な表情でネイラのほうを向く。

「ネイラちゃん、ヨナスの娘のネイラちゃん、だよね。なんで知ってる…？　ジャックは、実は亡くなる直前、わしにもう一つ大事なことを話したんだ。彼はこう言ってくれたんだ。みなさん、よく聞いてね。『ここには高校がない。マルキーズの子供たちは可哀そうだ。タヒチに行っても、そこで大学を出ても、結局都会で好きでもない仕事に就くことになる。それで俺は、十年ぶりにテメティウ山のふもとでチャリティーコンサートを開くことにした。まだ内緒だよ、ジャン。パリのオランピア劇場の社長は、照明や大道具などを無料で貸してくれるって、ここまで送ってくれるって言った。あとポリネシア知事に話したら、世界中から来るお客さんのために、タヒチの港からヒバオアまで客船を出してくれるって。ジャン、そのコンサートのお金でね、基金を作ってヒバオアに専門学校を建てよう。男女を問わず、マルキーズの伝統的な彫刻・工芸・料理・裁縫・農業などがここで学べるようにしてあげよう。すべての子供たちがこの美しい故郷に残って、夢を目指せるようにしてあげよう」と言われました。ネイラちゃん、これは今までわしがだれにも話したことがない、ジャック・ブレルの最後の夢だったんです」

十二 〈窓開けてジャングルの霞を朝食とす〉

テウイアの家はだだっ広い平屋だ。木造ではなく、一応コンクリート造りだが、ほとんど窓ばかりの壁に鉄板屋根が適当に継ぎ当てられ、代々増築されてきた感じがする。窓には一切ガラスが嵌められていない。ゴーギャンの絵を思わせるような、神秘的にして派手な模様のカーテンが風に翻るだけだ。半分完成、半分未完、半分フェンスがあるようないような一戸建て、いわば今風のマルキーズ住宅の典型といえる。パパイヤやマンゴーの木々の間をくぐる。片陰に半分野良の老いた黒犬が、暑さにやられて番犬の仕事を忘れ、ただただ白い睾丸をあらわにして仰向けで寝ている。前庭には様々な花壇や彫刻用火山岩などが散乱していて、建物の入り口まで迷ってしまう。玄関ドアも玄関も廊下もなく、入り口からいきなりダイニングルームに入るというシンプルな3DKの間取りだ。もちろんどの部屋にも鍵がかかっていない。テウイアの祖父エミール・フレボーはゴーギャンの弟子にして著名な彫刻家だったということで、かつて室内には巨大なアトリエがあった。しかし十六年前、ヨナスがプリシリアと別れて引っ越して来て、そして十五年前にネイラが生まれてからは、アトリエが前庭に移動され、ネイラの子供部屋となった。テウイアは自分の寝室をいとこに譲って、亡き祖父母の黴臭いベッドルームに移った。ダイニングルームは二十畳ほどあるか。中央には黒檀で彫られた大きな食卓。奥にあるテラスの手前には、半分が屋外になっている台所があり、カバーが外された業務用扇風機がソーラーパネルの力で常に回っている。午後四時。この時刻には、西日の陽差しがすでに扇風機越しに瞬き始める。時々、蝿が扇風機に当たり、跳ねられて潔く即死する。野良犬の遠吠えの時刻だ。

テウイアは興奮気味に孫を（実際にはいとこの娘を）褒める。

「ネイちゃん、あの鰆の椎骨で彫った極小ティキはやっぱり凄い。大人気だったみたい！　今朝、バザーが始まってすぐ、二体とも外国から来たスキッパーに買われたらしいんだ。これからヨットでトゥアモトゥ諸島へ行くからきっといいお守りになると喜んで、一体五千フランも出してくれたよ」

名彫刻家エミール爺ちゃんのフレーム写真が立っている食卓を囲んで、テウイア、ヨナス、ネイラはおやつの「パンの木の実のフライ」を分かち合う。

「爺ちゃん、パパ。わたし、大事な話があるの」と横笛のような声で切り出すネイラ。

ヨナスは聞かぬフリをする一方、テウイアは即時不安げに問い質す。

「なんなの、ネイ？」

「前から考えていたけど、さっきソクール先生のお話を聞いて、やっぱりもう心に決めたの。わたし、タヒチの高校には行きたくないのです」

「もったいない、もったいない、ネイは超優等生だよ。お金はなんとかするから」とテウイアは真っ向から反対するフリをする。

「そうだよ。お前が…」と父親ヨナスもめずらしく何か言おうとするが、テウイアがそれをさえぎる。

「だ、か、ら、寮のことだけど、身体障害者ということで、多分二人部屋じゃなくて、一人にしてくれるって。他人に体を見られないで済むんだよ。心配すんな、ネイ」

「それが問題じゃないの。パパ、爺ちゃん、わたし、ここで爺ちゃんと一緒に「彫刻学校」を始めたいんです。ソクール先生が言った通りだと思います。ジャック・ブレルの最後の夢を、爺ちゃんと一緒にここで叶えたい。ここの若者たちが爺ちゃんからマルキーズ彫刻の伝統を教わり、この島の文化をみんなで復活させようよ！」

ネイラの緑眼には金砂が舞うようだ。大人の理屈ではとても敵わないような、清澄な霊(マナ)の炎が宿っている。テウイアはダメ元で返す。

「もったいないよ。ネイちゃんだって、昔は〝美術史の博士〟とかそんな大先生になりたいって言ってただろう」

しかし言葉とは裏腹に、テウイア爺ちゃんの目じりは喜んでいる。ヨナスは話題を変える。

「まあ、決めるにはまだ一か月ぐらいあるし。さ、早く夕飯の準備しよう。今日はイセエビとタロ芋だ。急ごう！　俺は明日から一週間、ルシアンの送迎がなくなる。一時間早く起きて港まで歩かなきゃ。ルシアンはね、どっかのヨットの手伝いで、今朝からトゥアモトゥのほうへ航(い)ってるって…」

ネイラは大時計を仰ぐ。

「あ、もう五時！　今日は土曜日。ヨハン叔父さんがスカイプしてくれる日で〜す。スマホを取って来るね」と、ネイラの声はいつの間にかあどけなさを取り戻している。

ヨハンは、ヨナスの十歳年下の弟。今年で二十六歳。つまりネイラより十歳年上の叔父ということになる。ヒバオアの村長エティエンヌ・テイキテハアモアナの次男である。村長は十五歳年下のマリ・アニエスと結婚したが、十数年経っても子を授からなかった。そんな時、ポリネシアの習慣では、知り合いに訊いて養子になってくれる子はいないかと探す。例えば貧しい離島の子で、生みの親が同意さえすれば、戸籍をいとも簡単に変えられる。結局五十五歳になったエティエンヌ村長は、四十歳の奥さんと相談し、五歳児のヨナスをファツヒバ島の友人の家から養子にもらうことにした。不思議なのはその五年後。プレッシャーから解放されたからか、村長夫人マリ・アニエスは四十五にしてついに自然妊娠し、ヨハンを産んだ。ヨハンはとにかく血のつながっていない兄ヨナスとは正反対で、社交的な性質があり、成績があまり優秀ではないにもかかわらず学校に通うのが大好きで、友達も多い。十六の時、タヒチの調理専門学校に入学し、首席で卒業し、学校の推薦でハワイ島ヒロ湾に臨む高級ホテル「グランド・ナニロワ」に就職することができた。そもそもハワイの最初の住民はマルキーズから来ているので、ハワイ語はどのポリネシアの言語よりもマルキーズ語に似ていて、単語の七割以上が共通している。そんなこともあり、ヨハンは七年もハワイで勤務しているうちにハワイ語を経由して英語も学習し、いまやマルキーズ語・ハワイ語・フランス語・英語のクアドリリンガル・スタッフとして、職場で大評判のコックになっている。

彼は根っから情に厚く、ネイラが幼少のころから〝障害ではない障害〟に悩むなか、良き相談相手であり、心身の支えともなっている。

「ネイ、元気か？　今日の接続はいいね」

スマホの画面の爽やかな笑顔のヨハンのうしろには、広大なキッチンが輝いている。

「聞いてよ、ヨハン。今日は聖アンナでバザーをやっててね、ソクール先生の特別講演があったのよ」

「ああ、懐かしい、ソクール先生か。むかし家庭教師をやって頂いたから、タヒチの専門学校に受かったんだよ」

「ヤー、弟よ、元気かい」「How are you, my nephew ?」と、ヨナスとテウイアはスマホの前でふざけている。

「それがね、今ちょっと話してもいいかな、叔父さん？」

「どうしたの、真面目な顔して？」

「あの、こないだね、うちのレストランにジョルジュ・グラモンが来たんだよ」

「あれ？　ここの浜辺のホテルのオーナー、あの感じ悪いグラモン親爺か⁉」とテウイアは愚痴をもらす。

「まあ、僕は細かいことは分からんけど。とにかく彼はえらい僕の料理を褒めてくれてね。今、彼の娘がちょうどハワイ大学ヒロ校に留学中で、会いに来たってさ」

「で、何、話は？」

「だから、そのグラモンのヒバオアのホテル・レストランで、ぜひ働いてくれって言われた…」

「ほお、今はね、イリスちゃんの浜辺茶屋の方が美味しくて安くて、人気でね、みんなホテル・レストランには行かなくなったんだよ。それでか」

「洗練された本物のマルキーズ伝統料理をぜひ作ってほしいと言うんで…僕はそろそろアメリカに疲れてきたし…」

「え、帰って来てくれるの？」とテウイアとネイラが一斉に歓声をあげる。

「ちょっと待って。まずはね、住むところが問題なんだ。ほら、僕は車が無いでしょう。父んところに住めばいいんだけど、山の上なんで、そのホテル・モエハウまでじゃ、とても歩けないんだよ。で、ネイちゃん、あなた、たしか八月からタヒチの高校へ行くんだよね」

「それが〜」とネイラは苦笑いする。

「えっ、行かないの？　ネイラがもしタヒチに行くなら、部屋がひとつ空いて、叔父さんとこに泊まれるのかなと思ってたけど…。浜辺までたしか歩いて三十分ぐらいだよね？」

「ヨハンったら、わたしが遠くに行ってほしいんだ〜」とネイラは不機嫌を演じる。

「いえいえ」

「実はわたしはね、タヒチに行かないで、ここで爺ちゃんと彫刻学校を始めようと思ってるの」

「ほお、それはいいアイデアだ。じゃ…住み込みで働けるかどうか、一応グラモンに打診してみるか」

突然、ヨナスは「あ！」と叫ぶ。

「どうした、兄貴？」

「ヨハン、六月いっぱいでプリシリアが港の上の小屋を引き払って本土に帰るって。俺は七月からあそこに住んでもいいよ。そうしたら俺のこっちの部屋が空く」

「いいの？」とヨハンは半信半疑の顔だ。

ネイラは寂しそうに父親を仰ぐ。ただでさえ生みの母といわれるプリシリアが昔からほとんど会ってくれなくて、今度は父親と別居しなければならないのかと思うと、ぼんやりとした不安が生じてくる。プリシリアはおそらく「障害者」に生まれた我が子を簡単に見捨てられるような利己主義者だ。ネイラからすれば、好きでも嫌いでもない〝冷血の実母〟に過ぎない。幼少のころから「あんなオバサンは本土に帰ればいいのに」と何度も内心で願ったことがある。しかしいざプリシリアがほんとうに帰国すると聞くと、一生に一度でいいから、たとえ演技でも、「お母さん！」と叫んで抱きつきたい気持ちが湧く。ネイラはスマホの画面から、困った顔をしてアロハシャツの襟を正すヨハンを見る。ちらっと微笑を交わす。そうだ、父に会えなくなるわけではないし、何よりヨハンに「洗練されたマルキーズの伝統料理の確立」という夢を叶えてほしいのだ。さっきまで涙腺まで迫っていた塩っぱいものを押し込めて、晴れ晴れした声で誘う。

「早く来い、シェッフ・ヨハン、みんなあなたを待ってるよ！」

十三 〈十字架の片腕欠けて赤道墓地〉

聖アンナ小中学校のバザーの翌々日、二〇二一年三月十五日月曜日、午後七時。テウイア、ヨナス、ネイラはいつものとおり夕飯を終え、テレビをつけて、「ポリネシア第一チャンネル・夕方のニュース」を見始める。

まずは速報からです。今日午後三時ごろ、トゥアモトゥ諸島北方を、台風（サイクロン）「アリーヌ」が通過し、甚大な被害をもたらしました。暴風地域で航海していたヨット五隻のうち、二隻が横倒し、一隻が完全沈没となりました。現在確認されている時点で、死者三人、行方不明者三人となっています。無事にランギロア環礁に帰港できた二隻のうちの一隻を取材して来ました。スキッパーのシルヴァン・ラミラルさんの証言です。どうぞ。

「やー、驚いたよ。予報がこんなに外れるのは初めてだ。いきなり南東の風が七十ノットも超えちゃってさ、もうどうしようもねえよ。なぜか俺と友達のジョジョ丸だけが助かったけど。奇跡だよ、奇跡。ちょうどその友達も俺も、おとといヒバオアで小っちゃなティキのお守りを買ってさ…女の子が作ったそうだ。ほら、これ、これが守ってくれたんだね」

それでは、行方不明者と死者は以下の通りです。

行方不明者
トマソ・カンパネッラ、男性、三十一歳
イザベル・モワテシエ、女性、三十七歳
ジョシュア・モワテシエ、男性、四十六歳

死者
ドナルド・ベンソン、男性、六十二歳
ナタリー・ベンソン、女性、六十歳
ルシアン・テイキテカヒオホ、男性、六十五歳

ヨナスは立ち上がって庭先まで走る。目を細めて夜の水平線を覗き込む。トゥアモトゥ諸島の方へ眼差しを向けるが、いつもの海原だ。マルキーズ諸島は今晩も眩しいほどの星空だ。ここから千キロ先の海神（わだつみ）が、さきほど親友ルシアンの命を奪ったのか。とてもそうは思えないほど、穏やかな夕凪であった。

三月十八日、ヒバオア島は今日も晴れ渡った朝となった。下弦の三日月はテメティウ山の火口へゆっくりと沈んでいく。毎日朝が来ると、月はこのように人魚島の頭髪あたりに消えていく。赤道直下では、上弦下弦を問わず、月は一年中U字型に見え、いつも変わらぬ笑みをこぼしている美貌のように輝く、こんな朝でも。遠くから聴こえる波音は、引く時は「アー」、寄る時は「メーン」の響きか。霊安室のほうから聴こえるウクレレの和音はやわらかく、悲しくはない。だからといって陽気でもない。ヨナスはルシアンの死に顔を最後に見る。溺れた漁師の顔はなぜかいつも穏やかだ、とヨナスは想う。外に出る。のろのろと「無原罪の御宿り教会」へ向かう。胸中、いろいろな「なぜ」が海鳥のように飛び交う。なぜ空がこんなに青いのか、なぜ海に波が生まれるのか、なぜ人に罪があるのか？

　うしろで棺が持ちあげられる音がする。枯れ椰子が嵐に苦しむかのような軋み音である。ルシアンの三人の息子と二人の兄弟が、カヌーを浜まで曳き揚げるような勢いで、棺を霊安室から教会まで運ぶ。全員、（涙を隠すためか）サングラスをかけている。すべての腕にテイキテカヒオホ家のタトゥーが見え、筋肉の伸縮とともに模様が波打っている。白いペンキで薄く塗られた無垢の木の棺だ。教会のほうからは二つの大太鼓（パフー）の鼓動が「トーーン　トントン　トーーン　トントン」と鈍く届く。教会というより、純白の巨大アーケードに純白の鉄板屋根がのせられたような空間だ。島で唯一の大建築物であり、五百人以上の信者を入れることができる。前方中央には高さ五メートルほどの黒檀で彫られた十字架が据えてある。テウイアの祖父エミール・フレボー作だ。架けられているイエス・キリストは、男人魚のように両足がくっ付いていて、釘一本で足の甲が留められている。両腕は翼のごとく大きく空中に広げられ、全島民を抱いているようだ。かつてこの十字架の下で不寛容なマルタン司教が説教していたころは、タトゥー、花冠（フムヘイ）、マルキーズ語まで禁止されていたという暗黒史もある。しかし、一九七三年にはル・クレアッチ司教（Hervé-Marie Le Cleac'h）が任命され、彼の博学と寛大さのおかげで、ヒバオアのカトリック教会は打って変わってマルキーズ文化を最も根強く支える場になった。以前にキリスト教の宣教師たちが破壊した文化を、真のキリスト教の他愛の精神をもって今度は復活させようと奨めたのは、今や聖人扱いのル・クレアッチ司教である。当時のローマ法王の反対を押し切って、すべてのミサをマルキーズ語で行い、すべての装飾品をマルキーズ工芸で誂えると彼は決めた。テウイアに聖櫃（せいひつ）をかざす「白鳩の像」を依頼したのもル・クレアッチ司教である。今日に至っては、このヒバオアの「無原罪の御宿り教会」こそ、マルキーズ文化のルネッサンスのシンボルとなっている。

　棺が入ってくる。色とりどりの服装を身に纏った信者たちは一斉に起立し、様々な花冠（フムヘイ）の香りが教会を満たす。裸足あり、ハイヒールあり、草履あり、スニーカーあり。神父は今日、一番お気に入りの白いスニーカーを履いて来た。この島の葬儀はつまり、服装も自由、歌の音程も自由なのだ。おのずから調和するポリフォニーが無限に変形し、喩えれば巨大なマンタが身廊の空中を泳いで来るような大合唱。島の共同体がそのまま和音を織り成すという幻想的時空。

前の三列には聖アンナ中学校の合唱部。その中にはネイラがいる。そのまた少しうしろのほうで、テウイアとヨナスが座っている。全教徒が手を繋ぐ。大窓から海風（アリゼ）が過る。赦しの掌のごとく、窓のすぐそばのナツメ椰子の葉がおだやかに揺れる。敷石には椰子の影が揺れる。二つの家族のあいだを徘徊する幼女がいたり、紙飛行機で遊ぶ男子がいたり、初めてのミサにニコニコする赤子がいたり、おっぱいを求めて泣く乳飲み子がいたり、まどろむ爺がいたりする。皆ルシアンと縁のある人間だ。そもそもヒバオアでは、情に厚いルシアンでなくても、必然的に皆が皆と縁があるのだが…。神父はタトゥーに覆われた手でまぶたの汗を拭く。涙を隠しているのか。それを見てヨナスもまぶたを拭く。かつてジャック・ブレルが歌ったとおり「ここはつまり嘆くべからず、マルキーズ」。

とにかく、謳ってばかりの葬儀である。最後も謳いながら、棺とともに全員がばらばらと教会を出る。ルシアンの妻ジルダがヨナスに近づいて来る。そして二の腕を見せる。

「ヨっちゃん、見て、このチェックのタトゥー（*チェックの線は「愛」を意味する）。あの馬鹿ルシアンが酒に酔いながら出港の前の晩に彫ってくれたのよ。下手でしょう」

「いえいえ、上手だ。ルシアンは手先が器用だからね」と敢えて現在形を遣い、一緒に手を取り合う。

その時、人込みの中でヨナスは育ての父エティエンヌを見かける…。

純白の棺が、純白のピックアップ車のうしろに乗せられ、純白の墓場へ向かって坂を上る。ほとんどの人々は歩いて行く。若者は年寄りを支えながら丘を登る。ネイラを含む合唱部の子たちは、もう教室に戻った。ヨナスとテウイアは一緒に歩くことにする。墓地最前方のブレル墓碑は、世界中の観光客が供えていった「メッセージ入り丸石」に埋もれている。ブレルとその恋人マドリーの顔を刻んだ銅板の前で、インド八哥鳥(はっかちょう)が楽し気にひとりごつ。やや右上のほうには真っ赤な火山岩で出来たごついゴーギャン墓石が存在感を放っている。その横には、画伯の遺志に従い、「死の女神オヴィリ」という恐ろしくも笑顔の美しい裸婦の彫刻が安置されている。テウイアは人差指で女神の乳首を撫でる。「爺ちゃんはね、これを触れば天才になれるっていつも言ってた」とテウイアは元気を取り戻したように言う。そのすぐ左上は、檻のような鉄棒に囲まれた「マルタン司教の廟」、すなわちゴーギャンの天敵の墓だ。テウイアは人の目を盗んで、さり気なく唾を吐く。

丘の一番上にはすでに掘られている穴があり、周りに大勢が集まっている。これがルシアンの最後の舟か、とヨナスは物思いにふける。となりには掘られた土が高さ七十センチほどの小さな山をなしている。これが人間一人分か、とヨナスは想う。視線を上げると、育ての父と目が合う。彼は昔の強面ではなくなった。もう老人だ。なんだかヨナスの視線を求めている感じもある。

各々、赤土を一握りずつ地面に埋もれたルシアンの棺の上に投げる。少しだけ祈って、また謳って、やがて皆解散する。帰り道、エティエンヌ村長は片腕をなくした古い十字架を回って、おのずからヨナスに近づいてくる。

「ルシアンは…ルシアンは、いい人だったね…」

父の怒鳴るのではない、普通の穏やかな声を聞くのはいつぶりか。家出して絶交となった十五年前、いや、もっと古い記憶に遡らねばならないことにヨナスは驚く。エティエンヌは頭を下げ、幼くも聞こえるような声音(こわね)で話しかける。

「あの、七月にヨハン君がハワイから帰って来るって聞いたけど…。彼のためにテウイアんとこの部屋を譲ってくれて、ありがとうね」

父と息子の目が、もう一度合う。今こそとなりにはだれもいない。エティエンヌはいきなり、息子に抱き付く。

「ヨナス…ごめんな。俺が悪かった」

ヨナスは右肩あたりに濡れるものを感じる。父の涙は初めてだ。優しい息子の声はこれだろうか、と躊躇しながら、「す、座ろうか」と促して、二人はゴーギャン墓前の岩をそれぞれ一つずつ選んで、おそるおそる腰を掛ける。父はまだむせび泣いているようだ。ところどころ息が切れて口ごもる。

「俺はなぁ、お前が漁師になって事故に遭ったらイヤだからさ、心配でなぁ、やめさせようと思って口利かなかったんだよ」

家出をした日の映像が、早送りの白黒映画のようにヨナスの脳裏を流れる。

「だけどな、お母さんはいつも、仲直りしてよと言ってた…彼女が正しかった」

ヨナスは貰い泣きしそうで、涙がこぼれないように、ゴーギャン墓前の「死の女神オヴィリ」のほうへ視線を変える。そして幽かな声で謝る。

「お母さんが乳がんで死んだのは、俺のせいだ」

「なに？　そんなことないって。この島には病院もエコーの機械も何も無いからだよ。タヒチに見捨てられてさ…」と、エティエンヌは村長に返ったような口調だ。ヨナスは今となれば、そういう正義感ある真面目過ぎるぐらいの父親の性格も、嫌いではないかもしれないと、ふと思う。自分も父親になった証か。

「お、俺はね、母ちゃんのお葬式には、ほんとうは行きたかったんだ。だけどネイラがまだ小っちゃくて、その日はちょうど熱を出してて…ゴメンナサイ」

ヨナスは父親には一生謝らないと決めていたのに、タブーなる言葉をついに口にして案外スッキリした心地だ。エティエンヌ・テイキテハアモアナはその言葉を消化しているかのように、しばし黙る。ブレルの墓の方へ顔を向ける。ブレルの斜め横の墓石には、妻が眠っている。

「わかった、わかった。いいよ。あのネイラちゃんね、いい名前を選んだね。こないだバザーの日にソクール先生に質問するのを見たけど、頭がよくて可愛いなぁ。俺、これからはちゃんとお爺ちゃんになってあげよう」

「うん。お願い。彼女はいま、テウイアと一緒に彫刻学校を始めたいって張り切ってる」

二人とも涙の中に笑みを浮かべる。

「そう？　それはいいな。村の建物でね、いま空いてるのがあるよ。力になってあげよう」

「パ、パパ、と呼んでもいい？」

「お願いだ、ヨっちゃん」

「パパ、今度の土曜日、ウチにお昼を食べに来てくれない？」

十四　〈飛行機来て飛行機帰り鳩交る〉

六本の柱に一枚の鉄板屋根。鉄板屋根には朽ちかけた木の板。「AÉROPORT HIVA OA - JACQUES BREL」（ヒバオア・ジャック・ブレル空港）とある。二〇二一年七月一日木曜日、午後一時三十五分。エティエンヌ、ヨナス、ネイラ、テウイアが、スコールに叩きつけられる滑走路を見守っている。七年の海外生活を経てついに帰郷するヨハンは、ここから北東に三千キロ離れたハワイから向かって来ているのだが、直行便がないため、いったん南太平洋の反対側にあるタヒチまで飛んで、またマルキーズに戻る格好となっている。このヒバオア空港は、ジャック・ブレルが半世紀前に夢見たとおり、滑走路の延長さえすれば、「マルキーズ国際航空」の拠点となれるはずだが…。この滑走路に中型機も離着陸できるようになれば、マルキーズ諸島はつまり、タヒチに頼ることなく諸国と直接繋がることができる。とりわけ文化的に最も近いハワイと様々な交流が期待できる。ただ、タヒチにあるフランス領土政府はそれをよしとしない。一九八六年に滑走路を若干延長し、四十二席の小型機ATR42が着陸できるようになり、二〇〇〇年には同種ATR72も迎えられるようになったものの、これ以上の延長工事はしない方針だ。その理由は簡単だ。マルキーズ諸島の国際的な発展・自立（いずれは独立？）を認めるわけにはいかないということなのだ。

標高四五〇メートルの高原に沿ったジャック・ブレル空港は、積乱雲が引っかかりやすく、驟雨によく見舞われる。ヨハンを乗せたATR72機は、雲の切れ間からついにコックピットの鼻を現す。空港小屋の雨漏りを受けながら、四人は心配そうに指をさす。パイロットはスコールで乱れる下降コースをなんとか安定させようとしているようだ。プロペラ機の轟音に加わり、突如爆音が聞こえる。降着装置の車輪三つが一度に滑走路に当たったのだ。逆推力装置開始でエンジン音が一段と大きくなる。ATR機は空港小屋前のちょうど百メートルを示す白線にピタッと停止する。後部出入口ドアが開き、タラップが寄せられ、観光客と住民半々の乗客二十人ほどが逃げるように雨中を走って来る。一人だけ、颯爽というわけでもなく、のろのろというわけでもなく、普通に歩いて来る者がいる。ヨハンだ。遠くからネイラと目が合う。軽く手を振る。ネイラはかつて村立図書館で借りたフランスの小説『優雅なハリネズミ』の中の言葉を思い出す。「みんなと違うリズムで生きること、それがまことのエレガンスである」。作中でのその代表格とは、パリの高級アパルトマンに引っ越して来たミステリアスな日本人紳士「オズ」である。一瞬、ヨハンが「オズ」に見える。ネイラは思う。いつかはこの飛行場から、フランス本土ではなく、日本へ旅立ちたい。それはもちろん、立ち上げたばかりの「ヒバオア彫刻学校」が軌道に乗ってからの話だが…。

ヨハンはおしゃれなボストンバッグを地面に置いて、下半身を包むタオルが落ちないようにして、慣れた手つきでネイラを車いすから高く抱き上げる。普通のあいさつは左右の頰っぺにキス二回だが、四回キスをする。

「濡らしてごめんね…会いたかったなぁ。二年ぶりか、ネイ?」

「二年三か月ぶり！　コロナの前の年のイースター休み以来。ところで、お互いにワクチンが済んでよかったね。あ、それよりハン君、彫刻刀、ちゃんと買ってきてくれた?」

「アメリカの超一流メーカーのもの。みんなスーツケースに入ってるよ」と放蕩息子のようなキザな不良ポーズをとり、ヨナスはびしょ濡れの笑顔を片手で拭く。

テウイア叔父さんは、ヨハンとネイラの久々の再会に立ちはだかるまいと、ジャック・ブレル空港の裏口まで荷車で届けられる預け荷物を驟雨の中貰いに行く。最近のスーツケースには車輪が付いていることも知らずに、ずぶ濡れのテウイアは純白のケースをお風呂上りの赤ちゃんでも抱くように豪快に両手で運んで来る。ヨハンはアメリカの歯磨き粉のＣＭを思わせるほどの輝かしい歯並びを見せて、全員に満面の笑みを送る。

「パパ、ヨナス。二人で来てくれて、嬉しいんだ」

ヨナスは照れ臭そうに養父の肩に手を置く。ヨハンとその父と兄との三人でハグし合う。そして五人でエティエンヌ村長の白いトヨタ・ハイラックスへ向かう。その時だ。小型四駆でプリシリアが空港に到着するのを、ネイラだけが見つける。これから同じＡＴＲ機が午後二時十五分発でタヒチに戻るのだ。プリシリアはきっとそれに乗って、十七年に及ぶマルキーズでの生活に終止符を打ち、本土に帰るのだ。ネイラはふいと曖昧な微笑みを送る。プリシリアから同じような心苦しそうな微笑が返って来る。

男たちはみな大笑いしながらピカピカのハイラックスを褒め称えている。ネイラは車いすのまま後部座席に乗せられているが、ついにヨハンと待ちに待った再会を果たせたにもかかわらず、車内の談笑を上の空で聴いている。スマホから小鈴のような受信音がする。「プリシリア・ビシユ」から「新着メッセージ一通」。

ネイラさん、さっき空港で見かけてうれしかったです。前から用意していたメッセージを送りますね…。

さようなら、ネイラさん。私は十七年間、このヒバオアでとても幸せでした。本土に帰るのは主に両親の介護のためです。ただひとつだけ悔いが残るのは、ヨナスともっと長く付き合いたかったということです。そして、あなたにいろいろな事情を説明したかった…。ネイラさん、今なら言ってもいいでしょう。実は、私はあなたの生みの母ではありません。すみません。あなたが「孤児」と言われて、さらなる差別を受けて寂しい思いをしないようにと、ヨナスに頼まれて私はずっと〝薄情な実母〟を演じていました。それほど私は、ヨナスとあなたの幸せを望んでいたのです。彼は私と違って、ウソをつけない愚直な男ですから、私が代わりにウソをつきました…。

あなたのお父さんは、昔浜辺で一回だけ逢った外国の女性との間に子供が出来たのですが、その女性はまた遠くへ行ってしまったと聞いています。それ以上のことは知りません。テウイアさんとヨハンさんは事情をもう少し詳しく知っていると思います。

では、いつでもパリに来たら、会いに来てね。あなたには明るい将来が待っています。心清らかで頭のいい女の子です。立派なお父さんもついている。自信をもって。お互いにがんばりましょう。プリおばさんより♥

となりに座っているヨハンは、ネイラの動揺に気づく。

「どうした、ネイ?」

「嬉しいから、かな?」と一旦は機械的に答えたネイラも、数秒後には白黒映画がカラーに変わったかのような本音の表情を見せる。ヨハンの耳元に口を近づける。

「ヨハン、わたしのほんとうの母親がだれか、知ってる? ヨハンは知ってるよね。今、プリシリアからメッセンジャーが届いて…彼女じゃないと言うの。ね、ハン君、教えてよ、お願い!」

ヨハンも大切な人にはウソをつけない男だ。

「いや……は、はい。知ってます。けど、ネイ、ここでは話せないよ。今度静かなところでね」とつぶやく。

ネイラは霊力(マナ)溢れる緑眼でヨハンを凝視し、また耳元に唇を寄せる。

「来週の火曜日、一緒に出掛けようって約束したよね。その時、その時話して!」とハッキリとささやく。

ヨハンは真剣な顔でうなずく。

空港から約一時間、くねくねとした道路が蜿蜒(えんえん)と下っていく。ヨハンは懐かしそうに、ヒバオアの豊潤なジャングルの香りを半開きの車窓から嗅ぎながら、時おりネイラへ親密な眼差しを送ったりしている。彼女は青銅色のロングヘアを風になびかせ、その表情は、今まで何となく察していた裏事情がついに解けたとでもいうような、爽快な面持ちに変わっていく。スマホで返信を打つ。

プリシリアさん、お忙しいところ、大事なメッセージを書いてくれて感謝していいます。わたし、大丈夫です。幸せです。いいお父さんと、いい〝プリシリアおばさん〟に恵まれて（これからはそのように呼んでもいいですね？）。プリシリアさんはずっと、わたしたちのために辛い思いをしていたことを知って…申し訳なく思います。それと同時に、心から感謝しています。いつかパリまで会いに行きますね。では、長旅に気を付けて、大事な親孝行をしてください。大好きなプリシリアおばさん！ ネイより♥

ネイラは「送信」アイコンを押す。そして運転手のエティエンヌ爺ちゃんに、澄み切った声で尋ねる。

「お爺ちゃん、ゴーギャン旧宅の前を通るよね？」

「うん、通るよ。あそっか、ヨハン君に彫刻学校を見せようか！ ゴーギャン旧宅の横の村営バンガローでやってる。どう、ヨハン？」

音になる。
「あ、ぜひとも！」と、ヨハンはたまにベルベットのようなホテルマン風の紳士的な声
フェキ岬を右へ回る。紺碧の海原と浜辺の奥にあるゴーギャン旧宅の椰子葺き屋根が、
壮麗な虹で結ばれている。虹のふもとの光を浴びる旧宅の門前で駐車する。四人が先に降
りる（マルキーズでは、どこで駐車してもドアロックをかける人などいない）。車いすを
車外に出したヨハンは、すぐさま先に車いすを走らせて行くネイラを追いかけ、ネイラに
施設を案内してもらう。
「美術館の左にある木造の小屋は、ゴーギャンが「快楽の家」と名付けた住居です。正
確にいえば、二〇〇三年、ゴーギャン百周忌の際、村が復元した旧宅なのです。村長爺ち
ゃん、ありがとうね！　寸法、間取り、椰子の葉の素材など、すべてが当時と同じもの。
中は大変涼しく、伝統的なピロティ式になっています。ハン君、一応君も地元だから、そ
れはみな知ってるよね」
ヨハンは姪のほうへ、尊敬の眼差しを向け、首を斜めに下ろして頷く。
「そのすぐうしろのバンガロー三軒が、われらがヒバオア彫刻学校のキャンパスになり
まーす！」とネイラは誇らしく告げる。すると、館長イヴォンヌ、副館長エンマ、庶務係
ブリジットが出迎えてくれる。全員ふくよかな女性だ。
「ヨハン君、お久しぶり〜、ヒバオアにやっと帰って来てくれるのね」とイヴォンヌ館

長は喜びながら、ゴーギャンの庭で実った完熟パパイヤをプレゼントしてくれる。パパイヤそっくりの柔らかい楕円形の顔立ちをした館長は、群青インクのペンで入場券を書き、丁寧に氏名と日付まで記す。

「もちろんタダでいいんだけどさ。入場券をたくさん発行したと村長に言えるようにしないとね…」と説明しながら、目の前に村長がいることに気づくイヴォンヌ。全員爆笑しながら、入り口へ向かう。

「せっかくだから、美術館の中も見てよ」と知的な感じのエンマが勧める。中へ入ると、ゴーギャン名画のレプリカ数十点が観られる。本物はもちろん世界中の名美術館のあるパリ、ロンドン、ニューヨークなどの曇り空の下で展示されている。ゴーギャンが西洋画において初めて自由な配色に挑戦し、それがモダンアート、ひいては抽象画への道を拓くことになったのは、ここポリネシアの太陽と、この島の人々が嗜む布や花や料理などの色彩感覚から得たものが原点だといわれる。ただ、この小さな島の美術館では到底、今や数億ドルもする本物のゴーギャン名画を買い戻せるわけがない。それでもやはり、本来はこの太陽の下で観るべき作品だ、とエンマ副館長は熱く語る。入り口の壁にゴーギャンの信条たる名言が、マルキーズ語、フランス語、英語で掲げられている。

「われが色彩と描線の配列をもって表現しようとしているのは、音楽のようなものだ。わが絵画は、選ばれた自然物や社会の対象が単なる言い訳であるような、巷でいう〝現実の描写〃とは無縁である。われが追求するものは、シンフォニー、ハーモニーのような絵である。それは理屈たるものとは一切無関係で、音楽を聴く時と同様、思考や具象に囚われない何かが脳内で神秘的なつながりを引き起こすという、「原始的な美」の追求である」

最晩年のマルキーズ時代の傑作『逃亡』のレプリカの前で、四十代のカップルが佇んでいる。女性のほうは男性に向かって小声でずっと何かを説明し続けている。彼女は上品な顔立ちだが、一生苦労してきたかのような、見た目と推定年齢とが合わないような、痩せ細った顔と皺が目立つ。黒メガネをかけた男性のほうへ向けてひたすらにしゃべり続けている。彼の手には白杖がある。

「ジャングルの中の曲がりくねった木々が、黒に近い紫紺…紫紺ね。ほら、ドのシャープのような不思議な色…。川の浅瀬も同じ紫紺の濃淡（カマイウ）になっているのよ。背景にも紫紺のカヌーが、日本の浮世絵を思わせるようなプロシアンブルーの荒海に挑んでいる。前景中央、白に見える薄緑の馬一頭と、そのすぐうしろには、栗色の馬と犬。それぞれの騎手はキャラメル色だけど、女性騎手が前の馬に乗り、男性が女性を追いかけている感じ。他の色面のほとんどが優しいピンク。ああ、すごいわ、夢のなかの辻褄が合わない物語のような、恐ろしくも美しい世界。ブリース、分かるかしら？」。

「わかる、マ・シェリー。まさに「逃亡」だね。僕らと同じ「逃亡」か…のちにピカソが「青の時代」で使った紫紺と、マチスが半世紀後に愛したピンクだ。この絵で美術史上初めてその二色が取り合わせられた」と男性が静かに評する。疲れた老人の声のように聞こえるが、容姿はまだ若い。ジャコメッティの彫刻を思わせる、細くて切ないシルエット。絵のほうを向いていても視線が微妙にズレていて、全盲と判る。

婦人はとつぜん固まった表情となり、さきほどの鑑賞の感動を引きずりつつ、ネイラのほうに近づいていき、か弱い声で訊く。

「も、もしかすると。すみません、あの、魚の骨でティキのお守りを彫られる方ですか。あの、車いすをお使いになる若くてきれいなお嬢さんと聞いておりまして…」

「は、はい、わたしです」とネイラは照れ臭そうに女性を仰ぐ。となりのヨハンは自慢気に背筋を伸ばす。女性は嬉しくてたまらない様子だ。

「春ごろのあのヨット遭難事故以来、世界的に有名になられましたね。本土でも、わたくしテレビで見て感心しておりました。ヨットのためのお守りとしてではなく、もしよろしかったら普通のお守りとして買い求めて、夫にプレゼントしたいと思いまして…」と丁重な物腰で請う。

「もちろんいいですよ、マダム。うしろのバンガローにある彫刻学校で販売されていますが、お二人にはわたしからのプレゼントとさせてください。見習いの男の子たちにネイラがそう言っていたとおっしゃってください。彼らは慣れています！」

「いいえ」と女性は遠慮しつつ、真っ赤な目で自己紹介する。

「コリーヌと申します。こちらは夫のブリース…五年前、バタクラン劇場のテロ事件で銃弾が両目を貫通してしまい…」と、何度もこのフレーズで説明してきたようで、眉間の皺がまた増えたようだ。テイキテハアモアナ家一同、驚きを隠すようにして、静かにあいさつする。

「けれども気にしないでくださいね。わたしたちは今、お陰様でとても楽しいバカンスを過ごしております。実はあのテロ事件の追悼式の際、ジャック・ブレルの「愛しかない時」が演奏され、いたく感動し、その歌詞に癒されたことから、いつかは絶対二人でブレルのお墓まで行って、「ありがとう」を言おうねと決めていたんです。今朝お墓参りができて、夢を叶えました。ね、ブリース」

旦那様は少しためらってから、一言足す。

「あの墓地の、無音。美しい無音でした」

婦人は水やりで生き返った花のような表情で説明する。

「そうなんです。フランス本土にいると、今でもパパラッチが生々しい証言を求めて家に来たり電話してきたり…。夫はかつてちょっと名の知れた美術評論家だったので、余計にうっとうしくて…ですから今、わたしたち二人はずっと旅をしているのです。この絵の「逃亡」者みたいにね！ここは記者もマスコミもいなくて、とってもいいところですね」

と、涙を堪えて無理に笑おうとする奥様が健気だ。旦那様は随時それが見えているかのように、絶妙な以心伝心のタイミングで微笑ましい表情を浮かべる。ネイラとヨハンはしんみりと二人を眺めている。エティエンヌは前に出て、自己紹介する。

「村長のエティエンヌです。村を褒めてくれてありがとう。昔、ジャック・ブレルさんも同じことを言ってた。ここの無音が美しいって。さすが芸術家の言葉だね。まあ、ここでは皆、ただただボーッとしてるだけだけどね」

全員笑いながら「快楽の家」へ進む。ショーケースにはゴーギャンが鎮痛剤に使っていたモルヒネの小瓶と注射器、細長い虫歯などが展示されている。ゴーギャンの絵画のモデルだった艶めかしい裸婦たちの写真も覗くことができる。近くにいた雄鶏たちは、右のほうから黄色に鳴き、左のほうから赤に鳴き、山の奥からは野良犬がそれに答えて紫に吠える…。ここは「地球の臍なる、しあわせの島」だと、ヨハンは久々に実感する。ネイラは振り返って車いすを押してくれているヨハンを仰ぐ。ヨハンもちょうどその時、彼女の視線を求めていた。ネイラは思い出す。自分はエティエンヌの養子と行方不明の女性のあいだに生まれ、ヨハンとは全く血縁がない。数年前、インターネットで調べたことがある。フランスの法では、養子とその子供は養親の兄弟等親族との結婚が許されるとのこと。ゴーギャンの裸婦を挟んで、二人は今までとは違う眼差しでお互いを見つめている…。

十五　〈流れ星刃のごとく眼球切る〉

ヨハンのスマホの目覚ましバイブレーターが鈍く鳴る。「七月六日火曜日、午前一時」と表示される。ネイラは以前から「二人で内緒でファッヒバ島に行きたい」と言い続けているが、ヨハンにはその理由がいまひとつ解らない。おそらく彼女の父親ヨナスが五歳まで育った島だからか。それとも、マルキーズ諸島のなかでも最も美しい島といわれているからか。ハワイにいた時からヨハンは毎日のように「メッセンジャー」で姪とチャットしていたが、最近のやり取りはもっぱらその「初めての旅計画」についてだった。ヨハンは同情していた。いくら「障害者」とはいえ、彼女はもう十六歳のティーンエージャー、そろそろテウイアとヨナス以外の人々と外出したりしてもよい歳ごろだろう。特にテウイアの口癖だった「海には絶対入るな、体がおかしくなるよ」というのが、それこそネイラに怪しまれるような戒め方だと思い、ヨハンは納得がいかなかった。彼女は一般的な人の世においては「障害者扱い」となるかもしれないが、海に入ればむしろ〝普通の人間以上に〟水に適した身体となるはずだと、ヨハンはヨナスから聞いていたのだが。

ヨハンは忍び足で自分の寝室を出て、ダイニングルームを横切り、半分野良の黒犬ケーケーをヨッシヨッシとねぎらって落ち着かせる。昨日、亡きルシアンの長男マヌーから、スズキの小型四駆のキーをもらっておいた。ルシアン宅まで歩き、その車で自宅に戻り、ネイラの寝室に近い裏通りで駐車する。ネイラは道路に面した寝室のテラスまで這って来た。念願の「初めての旅計画」、準備万端だ。

「ネイ、車いすを忘れた！」と慌てるヨハン。

「いいの、いいの。船に乗る時だって邪魔だし。散歩の時はヨハンがわたしを負んぶすればいいよね。これでまた家に戻れば絶対ケーケー君が吠えるから」とささやきながら、ネイラは抱かれて助手席に乗せられる。

週に二回、小型フェリー「テ・アタ・オ・ヒバ丸」は、ヒバオア島から約百キロ離れたファツヒバ島まで行き来する。乗客は三十人ほど入る。ファツヒバといえば、マルキーズ諸島最南端の孤島にして、マルキーズの中で最も地形が嶮(けわ)しい。そのため飛行場の建設が不可能だ。住民約六百人が外の世界と繋がる手段は月に一度の貨物船と、このテ・アタ・オ・ヒバ丸だけだ。世界で最も孤立した諸島の中の、最も孤立した島である。

今日火曜日は、深夜出港ということもあり、波止場で乗船を待っているのはたった五人。これだと乗組員と同じ人数だ、とヨハンに抱かれながらネイラは顔をほころばす。乗客の一人はブレンダ先生。聖アンナ小でマルキーズ語の非常勤講師を務める一方、ボランティアとして離島を回り、子供たちに支援クラスでフランス語を教えている。残る二人はこの辺りでは稀にしか見ない東洋人系の中高年男性二人。

「往復で八千か」とヨハンは階段にネイラを座らせてからリュックサックを開けて財布を取り出す。

「わたしが払うよ」とネイラは申し出るが、二人で同じリュックを使っているのでそこまで手が伸びない。諦めて、「アリガト～」と歌うように言う。こんな気分、初めてだ、一生忘れられない日となりそうだ、と乙女心を踊らせている。

「どっこいしょー」

ネイラは波止場側のヨハンの腕の中から甲板に待つ船長の腕の中へ軽々とあずけられる。船長は早朝にもかかわらず、口がずいぶんヤシ酒臭い。渡し板の無いフェリーへ、ヨハンが波間を狙ってジャンプしようとした途端、うしろから東洋人の男性が大きなカメラケースのような黒い箱を船長へ投げる。

「Wait, wait, please !」と船長は腹を立てる。ヨハンの目はケースに貼ってあるステッカーのロゴに留まる。「FISHING TV　TOKYO」。

「Mister first, OK ?（この男性が先だ。いいか）」と船長が命じると、その日本人男性は深々と何度もお辞儀をする。

ヨハンは乗船し、ネイラを抱き取る。いつもよりさらにネイラの肌が白い。

「大丈夫かあ、ネイ？」

「うん、なんか、海の上にいるって感じ。気持ちがいいけど」

辺りは真っ暗なのに、ネイラの瞳は一段明るい蛍光色系の緑になっている。うしろから来る日本人男性二人は、タオルに巻かれたネイラの下半身を見て見ぬふりして中へ去って行く。二十席以上あるキャビンに乗客五人が散らばって、各々寝転ぶ。このフェリーの勝手知ったるブレンダ先生はトイレの近くの席を選び、ただちに眠りにつく。早朝二時、この小さな赤いフェリーが、南太平洋の夜闇に消えていく。桟橋を回ると、船長は沖のうねりに負けまいと、思い切って馬力を出す。およそ五秒の周期で船体は上、上、下、下と起伏を繰り返し、玄い無限大を分け入る。五秒おきにその周期が終わる度、海面を打つ船首が重い叫びをあげ、また次の濤に挑む。

日本人男性二人も船旅に慣れた顔つきで、もう眠っている。ネイラはなお蒼白になっている。

「これかあ、船酔いって」とネイラが苦笑いする。

「そっか、ネイが普通の人間だったということだね。夜だから水平線を見るのは無理だけど、どこかの動かない点をじっと見つめて。たとえばあそこ、南十字星をずっと見ていれば船酔いは治るよ、多分」

真夜中の気温は十五度まで下がって、ヨハンは暖を求めてネイラに少し身を寄せる。少しまどろむ。

突然、ネイラは叫ぶ。

「シャチ！」

「な、なに？」

「船の前にシャチの群れが来る。ダメ、当たっちゃう！」

ネイラの目はコバルト色にピカッと煌めく。数秒後、「ゴーン」という痛々しい衝撃音が船体の下から上まで鳴り響く。乗客全員が一斉に目覚め、またすぐに眠りに落ちる。ネイラは半べそをかく。ヨハンは妖精を仰ぐような心境で、呆然として口を開いたままネイラを見上げる。少女は唇をほとんど動かさずに言う。

「わかるの。不思議だけど、すべてがわかる」

両眼から水銀のような重い涙がふた粒、まっすぐ落ちる。

「わかる？」

「うん、今衝突したシャチは、深く、深く沈んで、多分もう死んでる。他のシャチは喜んでエイの群れを食べている」

ネイラのなかの別の生きものがしゃべっているようだ。

「ヨハン、心配しないでね。わたし、旅がとても楽しいです。それとわたしの母のことはね、向こうに着いてから話してね！　今わたし、船酔いが酷くて…」と、預言者の声からはにかむ少女のイントネーションに戻る。ヨハンは彼女にさらに寄り添って、眠るフリをする。ネイラはずっと南十字星を見つめている。

朝焼けのファツヒバ島「処女湾（ベデヴィエルジュ）」（Baie des Vierges）を初めて見る人間は、おそらくだれしも目を疑うのだ。ここは地球ではないとすら思うだろう。まだ夢路の中かと。それとも夢想的すぎるビデオゲームの中か。そんなコンピュータ・グラフィックスにしかあり得ないような「絶海の孤島」の極地はここにあり。この桃色の朝日の煌めきに染まる湾、紺碧の水を囲むピンクの岩塔（がんとう）の杜（もり）は、紛れもなく現実なのだ。ここは知る人ぞ知る世界の奇景なのだ。

もともとは十六世紀の頃から、初めてファツヒバ島までたどり着いた海賊たちがこの湾を「男根湾（ベデヴェルジュ）」（Baie des Verges）と呼んでいたらしい。しかしその三百年後、フランスの宣教師たちがそんな名称は不謹慎であると定め、小さな「i」を付け足し、聖処女の姿にちなんで「Baie des Vierges」に改名したと伝わる。そもそも、海賊も神父も岩の魂（マナ）を知るものか。一千万年前に、なぜ赤道から南極まで続く青い砂漠の只中に、大聖堂の尖塔のごとき火山島が突如顕われたのか。それは神（ティキ）が存在するとすれば、そのティキのみが知ることと、人間は自然の神秘を謙虚に受け止めるしかない。われわれ人間は不可解な美しさを目にする時、純粋に神を信じるがよい。そして頭を真っ白にして、ピンクと青の空気を呑み込めばよい。そうすれば次第に何かが感じられてくる。かつての海賊たちが感じたように、やはりこの島は〝官能的〟ともいえる何か（マナ）に溢れていると感じられてくる。標高千メートル以上の稜線が、三角形を描いている。その中にフサフサの原生林に囲まれて、高さ百メートルほどの無数の「岩塔」がピンク色の別の三角形を織りなす。そしてまたその中には、小さな黒砂の浜が待っている…。そこを訪れる者はだれしも思い浮かべる。しかしだれも口に出す勇気はない。そう、この奇景はまさに、地球の臍の真下に浮かぶ、「大陰唇と小陰唇」のかたちなのだ。この処女湾こそ、「世界の起源」である。

下船の際は満潮の時でも水深が不足していてフェリーが奥まで入港できない。そのため小さな桟橋の外側に一旦停泊し、船尾デッキから三人乗りのゴムボートを吊り下げて、黒砂ビーチまで乗客を運ばねばならない。今日処女湾に降りるのは、ヨハンとネイラだけだ。日本人男性二人とブレンダ先生の目的地は、島の反対側にあるオモア村である。船長は真剣な表情で確認する。

「帰りはここから十五時十五分ちょうど。遅れると金曜日まで船がないぞ」

ヨハンはまだ眠い。リュックサックを背負いながらネイラを抱き上げ、ゴムボートのほうへだらだらと歩く。二メートル下のボートにいる別の乗組員にネイラを渡そうとする。その時、少女は全身で跳ね返し、海へ飛び込む。意図的に、いや、意識を超えたような深い〝本能〟によるものか。

「ネイ、ネイラ！」

ヨハンは頭を下げて乗組員に謝りながら、姪へ叫ぶ。

日本人男性のうちの一人は船尾デッキで必死の姿勢になって、プロ用のカメラを回している。

ネイラは浮いている。腰から上しか見えないが、いとも簡単そうに、姿勢を崩さないで浮いている。生まれて初めての水泳なのに…。とくに胸より上のほうは一切動かずにまっすぐと立っている、という妙技に、甲板にいる人間全員が目を奪われている。ネイラの眼差しには海洋哺乳類を思わせるような無邪気さが漂う。

「いらっしゃい」

ネイラが誘う。

「いいの？」

ヨハンはためらう。

「一緒に泳ぎましょう…」

それはネイラの声だが…なんとなく、人間の重々しい声ではない。ヨハンは乗組員にリュックサックを渡して、浜辺に置くように指示する。

飛び込む。

ネイラは一回尻尾を水面（みなも）に上げ、水脈（みお）を強く打ち、一瞬にしてヨハンのほうまで滑っていく。彼に両腕でしっかりと抱きついて、フェリーからは見えない西の岬までスイスイと運んでいく。とある入り江に入り、絶壁の下、二人の身体は止まる。ヨハンは震えている。いつもなら彼がネイラをアシストする役だが、今は逆に彼女に全身を委ねるしかない。ネイラの顔もいささか変化した。無重力の表情である。

「わたし、今、母テアニオトヘエティアと繋がっています」

ネイラはしばし目を閉じて何かに集中しているようだ。ヨハンは桃色の朝焼けを浴びる彼女の唇をじっと見つめる。

「ヘケアニにいる母上は今、話しています…ふたたび繋がったことが、うれしいわ、うれしいわ、って…」

ネイラはまた目を開く。ほとんどコバルトブルー一色の強靭な眼(まなこ)に変わっている。微笑んでいる。

「恐れることはありません、ヨハン殿」

ヨハンはおずおずと訊く。

「百キロ離れたヒバオアの海と、今、繋がってるの?」

「そう。すうっと母の声が、その古い言葉がわたしの耳に届いて…海は生きている。わたしもまたそのなかで、生きている。みんな、みえて、みんな、きこえて…」と海そのものがものを言っているかのように、言の葉が流れる。

「ほら、ハワイまでみえるのよ。今、ヨハンが働いていたヒロ湾にサイクロンが近づいているの。イースター島の方にはたくさんのキハダマグロが集まっている。美しく輝いている。そしてニュージーランドのオークランド港はクルーズ船が多くて、今ずいぶんうるさいわ」

「ネイラ、愛している」

「キスして」

ヨハンはおもむろに唇を近づける。二人が繋がった瞬間、脳内が真っ青になる。海の中から見た懐かしいハワイ島のヒロ湾がある。少し唇を動かすと、オークランド港のざわめきが聞こえる。ほら、今度はイースター島のモアイ像の魂（マナ）が超低周波のように胸まで響いてくる。ポリネシア三角圏のすべてが見える、聴こえる。めまいがする。その時、横笛のような、ネイラの声によく似た女声が、揺らいで来る。胸に響く。

「ヨハン殿、わたしの娘ネイラと、幸せな夫婦（めおと）になってくださいませ」

そのまま声は波音に包まれて消えていく。消えていく。

目を開く。ネイラはふたたび少女の声で小さく告げる。

「ヨハン、わたしも、あなたを愛しています」

十六 〈マルキーズ語で「歌」をウタと言う 波笑え〉

新潟県上越市立水族博物館前の食堂「いるか」。二〇二一年八月十五日、日曜日。ずいぶん前から店舗ドアのネジがバカになっていて、取っ手を引くとまさにイルカの悲鳴のように軋む。ヨハンはため息をつき、店前に出る。「人魚ショー」のポスター写真は高さ約五メートルのもので、うら悲しい表情のネイラが、ほぼ全裸で写っている。むっとする暑さである。僕も外に出て、ヨハンの肩に手を置く。

「Aè koakoa tenei teào, tuù hoa. Atià ateào òè pao na au.（辛いのはわかる、友よ…でも、最後まで語ってください）」

ヨハンは深呼吸をして、フランス語で答える。

「わかんないんです。その後、何が起きたのか、わからない」

「え？」

「その二日後、僕は予定どおりホテル・モエハウで働き始めました。オーナーのグラモン親爺はやっぱり人使いが荒くて大変でした。でもがんばりました。ネイのために…。テウイアとヨナスは結局、僕らの〝秘密の小さな旅〟を許してくれたし。その次の週、僕が休みになる日に今度はみんなでヘケアニに行こうって約束してた…」

ヨハンは泣き笑いの表情に変わり、漆黒の長い髪を日本の色無き風に揺らして頭を横に振る。

「それで?」と問うと、彼はまた下を向いてボソボソと話す。

「それで、次の土曜日、七月十日の朝九時ごろ、ネイがなかなか起きて来ないから、いつもなら土曜日の朝でも寝坊はしないのに、僕はおかしいなと思って彼女の部屋に行ってみた…でも、もう、いなかった」

ヨハンはゆっくりと頭を上げ、もう一度「人魚ショー」のポスター写真を覗き込む。僕は店に戻るように優しく誘導する。キャッシャー横の狭いテーブルに二人で座る。午後三時。そろそろショーが終わる時刻だ。

「警察を呼んだ?」と訊く。

「すぐ呼んだけど、争った形跡など何も見つからなかったし、車いすがなくなっていて、寝室のテラスから簡単に道路に出られるということで、家出じゃないかと言われた。最初は僕だって、ネイはお母さんに会いに海に帰ったのかなと疑った。すると七月十四日の朝十時ごろ、ホテル・モエハウのフロントで、ファツヒバ行きのフェリーで見かけた日本人男性二人がチェックアウトしているのを見た。オーナーとずいぶん仲が良さそうだった。キッチンに戻ったオーナーに、どういう人たちかと聞いてみた。知らないよ、お金持ちの日本人だ、これからプライベート機で帰るんだ、すげえだろう、と言われただけ。彼らは大きな機材ケースを二個、グラモンのピックアップ車に積んで空港に向かった。その晩、家に帰ってインターネットで彼らのカメラのステッカーにあった「FISHING TV TOKYO」というのを検索してみた。日本語ばかりの普通のサイトだった。だけど、あれから二週間後かな、サイトに「人魚ショー」というイベントへのリンクが貼られていた。「JOETSU AQUARIUM」の場所を調べて、家族会議を開いて、タヒチまで行って急いでワーキングホリデーのビザを取って…」

店の引き戸がまた変な鳴き声を出す。

「パパ、パパ、ネイラちゃんはかわいそう！」と、十四歳の娘まりが走って店に入ってきて、赤ん坊のように僕の胸に飛び込む。久しぶりの日本語だ。妻ひとみはわが子を後押しするようにめずらしく熱っぽくなり、切実に訴える。

「そうなのよ。うちが一列目だったからよく聞こえたけど、あの子はずっと「Help me, please help me, I want to go back to the Marquesas Islands !」と泣くんですよ。空腹みたいで、仕方なく小イカを食べていたけど。なんかあの子、顔がうちのまりとそっくりでね。それで余計になんとかして助けなきゃと、ずっと心苦しくなって…」

店の小川ママはヨハンへその菩薩顔を向けて言う。

「さっきマブソンさんの奥さんから聞いたけど、ヨハン君はほんとうはパリジャンじゃなくて、あの人魚ちゃんと同じ「マルケサス・アイランド」ってところから来てるの？」

僕はヨハンのためにフランス語に訳す。ここまで来たら、嘘も方便もない。青年は朗読するようにハッキリと告げる。

「ネイラハ、ボクノコイビトデス」

立派な日本語。四人は驚嘆の眼差しで、しばらく青年を仰ぐ。ママは断言する。

「助けよう。絶対に助けようよ。私はね、時々アルバイトであそこのプールの掃除をやってんの。今日は違うおばちゃんがやってるけど。それでね、ショーが終わってから一時間以内だったら裏口は開いてる。掃除は三十分で終わるから、ショーが終わってちょうど四十分後、簡単に入れるのよ」と、日本語が分かるのかと訝しむような表情を浮かべながら、ママはずっとヨハンの黒目を見つめている。僕は娘に言う。

「まり、パパの説明をよく聞いて。法律というのはね、人間らしい生き方と矛盾する時、守る必要はない。むしろ人間として、守ってはならないという義務がある。これはレジスタンスなんだ」

娘は目を丸くして深く頷く。僕は全員に向けて提案する。

「みなさん、三時五分です。脱走開始まであと三十五分」

ところどころ、ヨハンのために計画の段どりを通訳する。

「まり、今日うちの車のトランクにおばあちゃんの予備の車いすは入っているか?」

「入ってるよ、パパ」

「よし！　ひとみ、あなたのバッグに今PCは入ってる？」

「入ってる」

「よし！　HISのサイトに繋いで、成田発・タヒチ行きの次の便を調べて。大人五人」

「はいよ。名前とパスポート番号はどうする？」

「名前は、僕、ひとみ、まり、ヨハンと…まりりん」

「マリリン？」

「そう、まりのフランスのパスポートに載っている、ミドル・ネーム入りのMARIE-LINEだよ。ネイラをそのパスポートで出国させるんだ」

「なるほど。みなのパスポートのコピーがバッグのポケットにあるはず。あった！　あとはヨハンさん、Please, Yoan, may I have a look at your passport number ?」と尋ねる長身でスリムな我が妻が、一瞬フライトアテンダントに見える。

彼女はフライトスケジュールを読み上げる。

「今晩、八月十五日二十三時五十五分、成田空港第二ターミナル発、ハワイアン航空HA852便、ハワイ行き。その後、明日十六日、ロサンゼルス行きに乗り換え、ロスからタヒチまではタヒチヌイ航空TN111便。パペーテに着くのは明後日十七日、早朝の五時五分となります。そこからマルキーズまでのチケットを空港で買えば、ヒバオアには明後日の午後までに着くでしょう。長いけど、この時期ですからそれしか残っていません…」

僕はフランス語でヨハンに確認する。

「大丈夫です、マブソンさん。ネイラは最近では真水でも時々尻尾を濡らしてあげれば痛みはないって。大丈夫」

僕らは手を握り合う。また日本語に切り替える。

「ひとみ、カード決済でね。帰りの便は僕ら三人、まりの学校に間に合うようにして。ヨハンとネイラの帰りも同じ日にしてもいい。まあ、彼らは実際帰りの便は使わないけど。それからこの後ネイラを保護したら一旦全員で長野の家まで車で戻って、皆のパスポートとネイラのための洋服を拾って、新幹線と京成線で成田に行こうと思うんだけど、間に合うかな?」

「ぎりぎりOKです。長野からかがやき五一二号十七時五十五分発、上野からはスカイライナー七九号、第二ターミナル着が二十時二十三分ですね」

「さあ、ヨハン君、あとは頼むよ。恋人が待ってる」とついつい日本語で言ってしまったが、意外と通じたようだ。

「ボク、ハヤクイキタイ。ハヤクネイラニアイタイ!」

＊

小川ママに導かれて、青年は海水プールの裏口へ向かってそっと歩く。廊下の奥に

「STAFF ONLY」と書かれた巨大なドアが立っている。一生の幸せが、廊下の奥に立っている。ドアを押す。初めて本物のプールというものを見る。恋人を包む宝石箱のようにキラキラしている。一頭のイルカがジャンプする。ネイラは見えない。プールの底にいるか、とそっと水面に近づき、しゃがむ。プールの底に白い姿がうずくまっている。ヨハンは顔を水の中に沈めて、水中で叫ぶ。

「ネイ、ネーイ！」

白い姿が少し動く。マナを感じる。初めてキスした時と同じように、水中の音が清澄に伝わって来る。ネイラの声が怯える小動物のように響いて来る。

「…ほんとうに、ヨハンなの？　ウソじゃないの？　ここまで来てくれたの、ヨハン？ほんとうに、信じてもいい？」

「ネイ、ネーーイ、僕だよー！　Ena au ！」

イルカ女は一気に純白のペガサスのように泡の中から舞い上がり、ヨハンの首に両手を巻く。うしろから小川ママは焦ってささやく。

「ノーキッス、ノーキッス！　ハリーアップ！」

ヨハンはネイラを抱き上げて走って逃げる。走って逃げる。

＊

成田空港第二ターミナル地下、出国審査ロビー。左の行列は「外国旅券 NON-JAPANESE PASSPORT」、右は「日本旅券 JAPANESE PASSPORT」。左の列の一番前に、白線を踏んでヨハンが立っている。そのすぐうしろでネイラの車いすにのしかかるようにして僕が立っている。ヨハンは検査官の合図に応え、ごく自然に、堂々と前へ進む。

「Already back home ?（もう帰国ですか）」と検査官は訝しそうに訊く。この列を選んだのは間違いだったか、と僕は身構える。しかしヨハンは完璧なアメリカ英語で返す。

「Oh yeah... Well, I have to attend the funerals of my father in the Marquesas Islands, you know... so, it's no time for working holidays anymore...（そうです。急にマルキーズ諸島に戻って父の葬儀に出なければならなくなったので…もう、ホリデーどころじゃない）」

「Oh, I feel sorry for that... Have a good trip anyway !（そうなんですか。大変ですね。気を付けてお帰りください）」と、検査官はヨハンの言葉を微塵も疑う気配はない。次は僕の番だ。〝日本人側〟に立っているひとみとまりへ一瞥を送る。彼女たちのほうは行列が何重も蛇行して、混んではいるが、普通の日本国籍パスポートの親子なので心配は要らないだろう。さあ、僕は警官の合図に従って、ネイラの車いすを押す。

「親子ですか」

「はい」

完璧な〝日本人の声〟をイメージしながら返す。

「お父さんは日本の永住カードがあるけど、娘さんは?」

「えっと、彼女は、二十歳まで二重国籍でいいんですよね。今回は日本のパスポートが切れていて、あの、その、フランスのほうのパスポートで出国しようと思って…」

「観光ですか、タヒチは?」

「はい、二週間ほど」

「あ、お母さんのほうが日本人ということですか?」

「はい、あそこにいますよ。ひとみー! (手で合図を交わす) 妻は下の子と日本国籍のところで並んでます」

「下の子?」

「はい、ま、双子ですけどね。この子は長女のまりりんと言うんです。あっちの子は次女のまりです。今回、下の子は日本のパスポートがまだ残っていて…」と震える声で言う。落ち着こう。これは充分ありえる話だ。それに自分が本当に双子の父親だったとしても、この複雑な事情を説明する際、(日本語が母国語だったとしても) だれだって緊張する、と内心でおのれを励ます。

「ああ、なるほど。では、良い旅を!」

と、警官はあっさりと二回ペタッと印を捺す。ワイン色と金色のフランス共和国パスポート二枚と、搭乗券二式が返って来る。紙ってこんなに重いのかと思いながら、受け取った手で車いすをおもむろに押し始める。二メートル先に白線が見える。そこにネイラの自由がある。少し急ぐ。いや、急ぎ過ぎないようにしよう。警官が視ているかもしれない。エルメスのブティックの方へと優雅に歩く。白線を越えた。もうすぐガラス張りだ。止まってもいいかな。ここなら警官にもう一度呼び止められることはない。ほら、広大なガラス張りの前で、夕焼雲の中で翼を広げる黒鳥のようにヨハンが両手を振っている。そしてすぐさま走って来て、しゃがんでネイラの手を握る。二人は喜びの涙を流す。永遠の瞬間、オムア。

人魚に生れイルカに崩れたる雲よ

ひとみとまりも走って来た。辺り一帯すべてが青い空気となる。四人でネイラの車いすを囲み、十の手が互いに握り合う。マルキーズ人特有の〝理屈無き人間の温もり〟を、僕は二十年ぶりに味わう。ヒバオア島で生活していたころの、原始的なしあわせを。

白過ぎて名も付けられぬ島の鳥

そこで僕はガラスの向こうの一番星を指しながら、ヨハンとネイラに向かって、心静かに告げる。

「Te Fenua Ènata, Ena, òto o to tatou na ìma！

（ほら、遥かなるマルキーズ諸島は、すぐそこにある）」

初出一覧

・「俳壇」二〇二一年七月号〜二〇二二年十月号

・*L'île-sirène*, Éditions Haere Pō, Tahiti, 2021

あとがき

二〇一九年七月から二〇二〇年六月まで、フランス領ポリネシア・マルキーズ諸島ヒバオア島で一人で暮らした。もともと以前から日本社会の閉鎖性に疲れていて、ある日突如、世界で最も孤立した島に住んでみようと決めたのだ。

マルキーズ諸島は太平洋の眼、地球の臍であるかのように、あらゆる大陸から最も離れた所に浮かぶ、不思議な火山列島である。かつて画伯ポール・ゴーギャンや歌手・詩人のジャック・ブレルが最晩年を過ごしたことで有名なヒバオア島は、そのなかでも「霊地」といわれる。長さ約二十キロの人魚の形を象った嶮しい孤島である。今や人口はわずか二千人だが、その昔、数万人が住んでいて、ポリネシア古代文明の中心がそこにあったといわれる。ポリネシア三角圏で最も大規模なティキ像（先祖像）が今も多く残っている。日本に妻子を残したことが何より寂しかったが、ヒバオア島なら亡き師・金子兜太が戦時中のトラック諸島で作ったような〝純粋な無季句〟が詠めるのではと願って、ずっと暮らそうかと一時思った。しかしある出来事で、日本に帰らざるを得なくなった。

神を信じるしかない島よ崖しかない
わが胸の愛の力にコロナ死ね
ゴキブリが死んでいくわがコロナ治る

二〇二〇年三月十六日、島に二つしかない店のひとつに入り、いつも通りその女性店員とあいさつ代わりの「頰っぺにキス」を二回交わした。彼女に「元気だけど、ちょっと風邪をひいてる」と言われた。その四日後、二十日の夕方、散歩中に肺の上辺りに激しい痛みが急に出て、その後は熱、絶えない咳、そして突然始まっては治まる猛烈な倦怠感・頭痛が続いた。私はだれにも会わずに、借りていた小屋にずっと籠った。この島は、病院も無ければ酸素ボンベひとつも無い。一六〇〇キロ離れたタヒチにも新型コロナウイルスの患者が増え始めたということで、三月二十二日をもってマルキーズ諸島への飛行機や船の便が全面運休となった。

三月二十七日、私は寝たきりで、ほとんど肺が開かない状態で、死に支度をした。枕元に持っていた現金を全て机に置いて、「ゴーギャンとブレルと同じ墓場に葬って下さい」という遺言を書いた。諦めてホッとしたのか、二日ぶりに少し眠れた。夢のなかで、妻と娘が現れた。「大丈夫だ。夏からまた日本で一緒に幸せに暮らそう！」と空飛ぶ人魚（セイレーン）たちのような姿で告げに来てくれた。そこで私は、海を遠望して、右の三句を詠んだ。頭の硬い、多くの日本の俳人は「最初の二句は季語がない。俳句ではない」とおっしゃるかもしれない。しかし、言わせてもらう。芭蕉にも一茶にも優れた無季句がある。

亡き母や海見る度に見る度に　一茶

俳諧の芯は自由(とりあわせ)にある。季題ではない。それにこのヒバオア島では、一年じゅう気温が約二十七度で、降水量も日夜の長さもほとんど変わらず、季節なんか無いぞ、と言わせてもらう。

日の出五時日没も五時永久(とわ)の島

三か月待った。二〇二〇年六月に、やっとのことでヒバオア島から再び飛行機が飛ぶようになり、日本に戻ることができた。日本の厳重な水際対策を奇跡的に通過し、ついに妻子の元に戻れた。ただ、絶えない胸痛、咳、倦怠感などといった後遺症が続き、日本の医師に「検査しても理由が判らない。ずっと続くかもしれない」と診断された。もう一年間待った。すると日本でようやくワクチンを打ってもらった二〇二一年八月頃から、症状が落ち着いた。

健康という脆きダイヤモンドを両手で賜る

とにかく私は、ヒバオアという孤島で無季句五〇〇句と小説一本を書いた。不思議なほど、自由に書けた。

願わくば、〝アニミズム的〟ともいえる、この風変わりな句集と物語の双面（ふたおもて）を通じて、日本の読者も「遥かなるマルキーズ諸島」に残る大らかな時空（オムア）に浸り、南太平洋のそよ風（アリゼ）に身を委ねるような、自由（ノマド）な心地になれればと思う。ここ数年、一層息苦しさを増してきた〝先進国〟の都会で蔓延る様々な心身の病や憎しみの連鎖、環境破壊、ＡＩによる心の束縛などから解放してくれる「人魚」は、きっと存在する。南太平洋のどこかで存在すると私は信じる。そんな〝最後のユートピア〟のような白昼夢を、一冊に託した。

めでたいことに、二〇二一年秋、小説のフランス語版〝*L'île-sirène*〟がタヒチのÉditions Haere Pō社から上梓されることになり、二〇二一年十一月に開催された「第二十一回タヒチ・ブックフェア」に招待された。二年ぶりにポリネシアに足を運んで、「俳句とアニミズム」について講演をしたり、「第一回ポリネシア・ハイク大賞」の審査員を務めたりした。特に最も心に残ったのは、ちょうど一茶忌の日となる十一月十九日、仏領ポリネシアで初めての句会を開いたことである。こうして日本の俳句（ハイク）はついに、南洋の孤島でも、地元の人間（エナタ）によって詠まれるようになった。

Ma'ita te tai / Tani te 'eo manu / 'Ena te ua　Raita KAIMUKO（Hiva Oa）
海白み鳥語ひとつになれば喜雨（マブソン訳）
ライタ・カイムコ（ヒバオア／マルキーズ語）
（第一回ポリネシア・ハイク大賞受賞）

やはり、日本という島国はそもそもポリネシア三角圏の北西に浮かぶ小さな列島だったのだ。南太平洋と同じ〝アニミズム文化圏〟なのだと、その頃から強く感じられるようになった。

浅間からポリネシアまで鰯雲　青眼

トラック諸島から帰還した頃の金子兜太師も、きっと同じ感慨を抱いていたのではないかと想う。

犬は海を少年はマンゴーの森を見る　兜太

古代先祖像（ティキ）金子兜太の悲しき笑み　青眼

そんな亡師の魂（マナ）に、謹んで本書を献げる。

最後に、『マルキーズ諸島百景 *Haïkus aux Marquises / Haiku ite Fenua Ènata*』の刊行でお世話になったパリの Pippa Éditions 社長 Brigitte Peltier 様に、小説のフランス語版 "*L'île-sirène*" でお世話になったタヒチの Éditions Haere Pō 社長 Robert, Denise Koenig 様に、そして「小説・遥かなるマルキーズ諸島」の連載と本書の企画でご尽力頂いた本阿弥書店の山崎春蘭様（書籍化担当）、安田まどか様、奥田洋子様、爲永憲司様に、心から謝意を申し上げる。

二〇二三年元旦　太平洋プレートとユーラシアプレートの狭間にて

マブソン青眼

著者略歴

マブソン青眼（せいがん）

本名、Laurent MABESOONE。1968年フランス生まれ。俳人、小説家、比較文学者。パリ大学日本文学科博士課程修了、早稲田大学大学院教育学研究科博士後期課程修了・学術博士（比較文学）。1996年より長野市在住。2019年夏から一年間、フランス領ポリネシア・マルキーズ諸島で暮らす。2000年より金子兜太主宰「海程」同人、2018年より後継誌「海原」同人、毎日俳句大賞選者（国際部）、現代俳句協会会員、日本現代詩歌文学館評議員、「俳句弾圧不忘の碑」筆頭呼びかけ人。句集に『空青すぎて』（第4回宗左近俳句大賞受賞）『天女節』『アラビア夜話』『渡り鳥日記』『マルキーズ諸島百景』、著書に『詩としての俳諧・俳諧としての詩―― 一茶、クローデル、国際ハイク』『一茶とワイン』『江戸のエコロジスト一茶』他、編著に日仏両語合同句集『フクシマ以後』『反原発俳句三十人集』、訳書に『一茶と句碑』仏訳付、一茶『父の終焉日記』仏訳、『反骨の俳人一茶』『一茶と猫』『日本レジスタンス俳句撰 1929-1945』、金子兜太『あの夏、兵士だった私』仏訳、細谷源二『俳句事件』仏訳、*Un chat au Japon*、フランス語の小説に *L'île-sirène, Normandie, été 76, Ulysse Pacifique* 等がある。

現住所：〒380-0845　長野市西後町625-20-304
電子メール：mabesoon@avis.ne.jp

句集と小説　遥(はる)かなるマルキーズ諸島(しょとう)

令和五年二月二〇日　第一刷

著　者　マブソン青眼
発行者　奥田　洋子
発行所　本阿弥(ほんあみ)書店
東京都千代田区神田猿楽町二―一―八　三恵ビル
〒一〇一―〇〇六四
電話　（〇三）三二九四―七〇六八（代）
振替　〇〇一〇〇―五―一六四四三〇
印刷・製本　日本ハイコム
定価はカバーに表示してあります。

ISBN978-4-7768-1628-7 C0095（3344）　Printed in Japan